FRESKÓ

壁画

Szabó Magda

[匈牙利] 萨博·玛格达 / 著

舒荪乐 / 译

图书在版编目（CIP）数据

壁画 /（匈）萨博·玛格达著；舒荪乐译. -- 广州：花城出版社，2018.3
（蓝色东欧 / 高兴主编. 第5辑）
ISBN 978-7-5360-8626-5

Ⅰ. ①壁… Ⅱ. ①萨… ②舒… Ⅲ. ①长篇小说—匈牙利—现代 Ⅳ. ①I515.45

中国版本图书馆CIP数据核字(2018)第049289号

合同版权登记号：图字19-2015-166号
FRESKÓ by Szabó Magda
Copyright © 1958 by Szabó Magda

出 版 人：詹秀敏
丛书策划：朱燕玲　孙虹
出版统筹：李倩倩　夏显夫　欧阳佳子
责任编辑：许泽红　欧阳佳子
技术编辑：薛伟民　凌春梅
封面供图：子夏
装帧设计：棱角视觉 ANGULAR VISION

书　名	壁画 BI HUA
出版发行	花城出版社 （广州市环市东路水荫路11号）
经　销	全国新华书店
印　刷	恒美印务（广州）有限公司 （广州南沙经济技术开发区环市大道南路334号）
开　本	880毫米×1230毫米　32开
印　张	8.5　2插页
字　数	227,000字
版　次	2018年3月第1版　2018年3月第1次印刷
定　价	49.00元

本书中文专有出版权归花城出版社独家所有，非经本社同意不得连载、摘编或复制。
如发现印装质量问题，请直接与印刷厂联系调换。
购书热线：020-37604658　37602954
欢迎登陆花城出版社网站：http://www.fcph.com.cn

壁 画

目 录
CONTENTS

记忆，阅读，另一种目光（总序）/高兴 / 1
萨博的女性世界（中译本前言）/舒荪乐 / 1

第一章 / 1
第二章 / 21
第三章 / 32
第四章 / 52
第五章 / 81
第六章 / 99
第七章 / 114
第八章 / 133
第九章 / 151
第十章 / 170
第十一章 / 189
第十二章 / 209
第十三章 / 229

记忆，阅读，另一种目光

（总序）

高兴

昆德拉说过："人的一生注定扎根于前十年中。"我想稍稍修改一下他的说法："人的一生注定扎根于童年和少年中。"童年和少年确定内心的基调，影响一生的基本走向。

不得不承认，二十世纪五六十年代出生的人都有着不同程度的俄罗斯情结和东欧情结。这与我们的成长有关，与我们的童年、少年和青春岁月有关。而那段岁月中，电影，尤其是露天电影又有着怎样重要的影响。那时，少有的几部外国电影便是最最好看的电影，它们大多来自东欧国家，几乎吸引了所有人的目光，是我们童年的节日。在某种意义上，甚至可以说，它们还是我们的艺术启蒙和人生启蒙，构成童年最温馨、最美好和最结实的部分。

还有电影中的台词和暗号。你怎能忘记那些台词和暗号。它们已成为我们青春的经典。最最难忘的是《瓦尔特保卫萨拉热窝》。"'空气在颤抖,仿佛天空在燃烧。''是啊,暴风雨来了。'""看,这座城市,它就是瓦尔特。"简直就是诗歌。是我们接触到的最初的诗歌。那么悲壮有力的诗歌。真正有震撼力的诗歌。诗歌,就这样和英雄主义和浪漫主义,紧紧地连接在了一道。

还有那些柔情的诗歌。裴多菲,爱明内斯库,密茨凯维奇。要知道,在二十世纪七八十年代,读到他们的诗句,绝对会有触电般的感觉。而所有这一切,似乎就浓缩成了几粒种子,在内心深处生根,发芽,成长为东欧情结之树。

然而,时过境迁,我们需要重新打量"东欧"以及"东欧文学"这一概念。严格来说,"东欧"是个政治概念,也是个历史概念。过去,它主要指波兰、捷克斯洛伐克、匈牙利、罗马尼亚、保加利亚、南斯拉夫、阿尔巴尼亚七个国家。因此,在当时,"东欧文学"也就是指上述七个国家的文学。这七个国家,加上原先的东德,都曾经是以苏联为首的华沙条约组织的成员。

一九八九年底,东欧发生剧变。此后,苏联解体,华沙条约组织解散,捷克和斯洛伐克分离,南斯拉夫各共和国相继独立,所有这些都在不断改变着"东欧"这一概念。而实际情况是,波兰、捷克、匈牙利、罗马尼亚等国家甚至都不再愿意被称为东欧国家,它们更愿意被称为中欧或中南欧国家。同样,不少上述国家的作家也竭力抵制和否定这一概念。在他们看来,东欧是个高度政治化、笼统化的概念,对文学定位和评判,不太有利。这是一种微妙的姿态。在这种姿态中,民族自尊心也发挥着不可估量的作用。

但在中国,"东欧"和"东欧文学"这一概念早已深入人心,有广泛的群众和读者基础,有一定的号召力和亲和力。因此,继续使用"东欧"和"东欧文学"这一概念,我觉得无可厚非,有利于研究、译介和推广这些特定国家的文学作品。事实上,欧美一些大学、研究中心也还在继续使用这一概念。只不过，今日，当我们提到这一概念，涉及的就不仅仅是七个国家，而应该包含更多的国家：立陶宛、摩尔多瓦等独联体国家，还有波黑、克罗地亚、斯洛文尼亚、塞尔维亚、黑山等从南斯拉夫联盟独立出来的国家。我们之所以还能把它们作为一个整体来谈论，是因为它们有着太多的共同点：都是欧洲弱小国家，历史上都曾不断遭受侵略、瓜分、吞并和异族统治，都曾把民族复兴当作最高目标，都是到了十九世纪末二十世纪初才相继获得独立，或得到统一，第二次世界大战后都走过一段相同或相似的社会主义道路，一九八九年后又相继推翻了共产党政权，走上了资本主义发展道路。之后，又几乎都把加入北约、进入欧盟当作国家政策的重中之重。这二十年来，发展得都不太顺当，作家和文学都陷入不同程度的困境。用饱经风雨、饱经磨难来形容这些国家，十分恰当。

换一个角度，侵略，瓜分，异族统治，动荡，迁徙，这一切同时也意味着方方面面的影响和交融。甚至可以说，影响和交融，是东欧文化和文学的两个关键词。看一看布拉格吧。生长在布拉格的捷克著名小说家伊凡·克里玛，在谈到自己的城市时，有一种掩饰不住的骄傲："这是一个神秘的和令人兴奋的城市，有着数十年甚至几个世纪生活在一起的三种文化优异的和富有刺激性的混合，从而创造了一种激发人们创造的空气，即捷克、德国和犹太文化。"①

克里玛又借用被他称作"说德语的布拉格人"乌兹迪尔的笔为我们描绘了一个形象的、感性的、有声有色的布拉格。这是一个具有超民族性的神秘的世界。在这里，你很容易成为一个世界主义者。这里有幽静的小巷、热闹的夜总会、露天舞台、剧院和形形色色的小餐馆、小店铺、小咖啡屋和小酒店。还有无数学生社团和文艺沙龙。自然也有五花八门的妓院和赌场。布拉格是敞开的，是包容的，是休闲的，是艺术的，是世俗的，有时还是颓废的。

---

① 见伊凡·克里玛《布拉格精神》第44页，崔卫平译，作家出版社1998年版。

布拉格也是一个有着无数伤口的城市。战争、暴力、流亡、占领、起义、颠覆、出卖和解放充满了这个城市的历史。饱经磨难和沧桑，却依然存在，且魅力不减，用克里玛的话说，那是因为它非常结实，有罕见的从灾难中重新恢复的能力，有不屈不挠同时又灵活善变的精神。如果要用一个词来形容布拉格的话，克里玛觉得就是：悖谬。悖谬是布拉格的精神。

或许悖谬恰恰是艺术的福音，是艺术的全部深刻所在。要不然从这里怎么会走出如此众多的杰出人物：德沃夏克，雅那切克，斯美塔那，哈谢克，卡夫卡，布洛德，里尔克，塞弗尔特，等等。这一大串的名字就足以让我们对这座中欧古城表示敬意。

布拉格如此，萨拉热窝、华沙、布加勒斯特、克拉科夫、布达佩斯等众多东欧城市，均如此。走进这些城市，你都会看到一道道影响和交融的影子。

在影响和交融中，确立并发出自己的声音，十分重要。不少东欧作家为此做出了开拓性和创造性的贡献。我们不妨将哈谢克和贡布罗维奇当作两个案例，稍加分析。

说到捷克作家哈谢克，我们会想起他的代表作《好兵帅克》。以往，谈论这部作品，人们往往仅仅停留于政治性评价。这不够全面，也容易流于庸俗。《好兵帅克》几乎没有什么中心情节，有的只是一堆零碎的琐事，有的只是帅克闹出的一个又一个的乱子，有的只是幽默和讽刺。可以说，幽默和讽刺是哈谢克的基本语调。正是在幽默和讽刺中，战争变成了一个喜剧大舞台，帅克变成了一个喜剧大明星，一个典型的"反英雄"。看得出，哈谢克在写帅克的时候，并没有考虑什么文学的严肃性。很大程度上，他恰恰要打破文学的严肃性和神圣感。他就想让大家哈哈一笑。至于笑过之后的感悟，那就是读者自己的事情了。这种轻松的姿态反而让他彻底放开了。借用帅克这一人物，哈谢克把皇帝、奥匈帝国、密探、将军、走狗等等统统给骂了。他骂得很过瘾，很解气，很痛快。读者，尤其是捷克读者，读得也很过瘾，很解气，很痛快。幽默和讽刺于是又变成了一件有力的武器，特别适用于捷克这么一个弱小的民族。哈谢克最大的贡献也正在于此：为捷克民族和捷克文学找到了一种声音，确立了一种传统。

而波兰作家贡布罗维奇与哈谢克不同，恰恰是以反传统而引起世人瞩目的。他坚决主张让文学独立自主。在二十世纪三四十年代，贡布罗维奇的作品在波兰文坛显得格外怪异离谱，他的文字往往夸张扭曲，人物常常是漫画式的，他们随时都受到外界的侵扰和威胁，内心充满了不安和恐惧，像一群长不大的孩子。作家并不依靠完整的故事情节，而是主要通过人物荒诞怪僻的行为，表现社会的混乱、荒谬和丑恶，表现外部世界对人性的影响和摧残，表现人类的无奈和异化以及人际关系的异常和紧张。长篇小说《费尔迪杜凯》就充分体现出了他的艺术个性和创作特色。

捷克的赫拉巴尔、昆德拉、克里玛、霍朗，波兰的米沃什、赫贝特、希姆博尔斯卡，罗马尼亚的埃里亚德、索雷斯库、齐奥朗，匈牙利的凯尔泰斯、艾什特哈兹，塞尔维亚的帕维奇、波帕，阿尔巴尼亚的卡达莱……如此具有独特风格和魅力的当代东欧作家实在是不胜枚举。

某种程度上，东欧曾经高度政治化的现实，以及多灾多难的痛苦经历，恰好为文学和文学家提供了特别的土壤。没有捷克经历，昆德拉不可能成为现在的昆德拉，不可能写出《可笑的爱》《玩笑》《不朽》和《难以承受的存在之轻》这样独特的杰作。没有波兰经历，米沃什也不可能成为我们所熟悉的将道德感同诗意紧密融合的诗歌大师。但另一方面，需要注意的是，由于语言的局限以及话语权的控制，东欧文学也极易被涂上浓郁的意识形态色彩。应该承认，恰恰是意识形态色彩成全了不少作家的声名。昆德拉如此。卡达莱如此。马内阿如此。赫尔塔·米勒亦如此。我们在阅读和研究这些作家时，需要格外地警惕。过分地强调政治性，有可能会忽略他们的艺术性和丰富性。而过分地强调艺术性，又有可能会看不到他们的政治性和复杂性。如何客观地、准确地认识和评价他们，同样需要我们的敏感和平衡。

一个美国作家，一个英国作家，或一个法国作家，在写出一部作品时，就已自然而然地拥有了世界各地广大的读者，因而，不管自觉与否，他，或她，很容易获得一种语言和心理上的优越感和骄傲感。这种感觉东欧作家难以体会。有抱负的东欧作家往往会生出一种紧迫感和危机感。他们要用尽全力将弱势转化为优势。昆德拉就反复强调，身处小国，你"要么做一个可怜的、眼光狭窄的人"，要么成为一个广闻博识的"世界性的人"。别无选择，有时，恰恰是最好的选择。因此，东欧作家大多会自觉地"同其他诗人，其他世界，和其他传统相遇"（萨拉蒙语）。昆德拉、米沃什、齐奥朗、贡布罗维奇、赫贝特、卡达莱、萨拉蒙等等东欧作家都最终成为"世界性的人"。

关注东欧文学，我们会发现，不少作家，基本上，都在出走后，都在定居那些发达国家后，才获得一定的国际声誉。贡布罗维奇、昆德拉、齐奥朗、埃里亚德、扎加耶夫斯基、米沃什、马内阿、史沃克莱茨基等等都属于这样的情形。各种各样的原因，让他们选择了出走。生活和写作环境、意识形态原因、文学抱负、机缘等，都有。再说，东欧国家都是小国，读者有限，天地有限。

在走和留之间，这基本上是所有东欧作家都会面临的问题。因此，我们谈论东欧文学，实际上，也就是在谈论两部分东欧文学：海外东欧文学和本土东欧文学。它们缺一不可，已成为一种事实。

在我国，东欧文学译介一直处于某种"非正常状态"。正是由于这种"非正常状态"，在很长一段岁月里，东欧文学被染上了太多的艺术之外的色彩。直至今日，东欧文学还依然更多地让人想到那些红色经典。阿尔巴尼亚的反法西斯电影，捷克作家伏契克的《绞刑架下的报告》，保加利亚的革命文学，都是典型的例子。红色经典当然是东欧文学的组成部分，这毫无疑义。我个人阅读某些红色经典作品时，曾深受感动。但需要指出的是，红色经典并不是东欧文学的全部。若认为红色经典就能代表东欧文学，那实在是种误解和误导，是对东欧文学的狭隘理解和片面认识。因此，用艺术目光重新打量、重新梳理东欧文学已成为一种必须。为了更加客观、全面地翻译和介绍东欧文学，突出东欧文学的艺术性，有必要颠覆一下这一概念。蓝色是流经东欧不少国家的多瑙河的颜色，也是大海和天空的颜色，有广阔和博大的意味。"蓝色东欧"正是旨在让读者看到另一种色彩的东欧文学，看到更加广阔和博大的东欧文学。

二〇一三年十月三十一日定稿于北京

主编简介：高兴，诗人、翻译家，一九六三年出生于江苏省吴江市。中国作家协会会员。现为中国社会科学院外国文学研究所研究员，《世界文学》主编。曾以作家、翻译家、外交官和访问学者身份游历过欧美数十个国家。出版过《米兰·昆德拉传》《东欧文学大花园》《布拉格，那蓝雨中的石子路》等专著和随笔集；主编过《二十世纪外国短篇小说编年·美国卷》（上、下册）、《伊凡·克里玛作品系列》（5卷）、《水怎样开始演奏》《诗歌中的诗歌》《小说中的小说》（2卷）等大型图书。主要译著有《梵高》《黛西·米勒》《雅克和他的主人》《可笑的爱》《安娜·布兰迪亚娜诗选》《我的初恋》《索雷斯库诗选》《梦幻宫殿》《托马斯·温茨洛瓦诗选》等。

萨博的女性世界

——

（中译本前言）

舒荪乐

二〇〇八年我还在匈牙利留学时，有一天上课，教室的影碟机里放着一部黑白影片《旧时故事》。影片给人印象颇深的是家族中那些坚强的女人，她们在家族遭遇变故时临危不乱，在家里的男人仓皇躲逃时，挺身而出、挑起大梁。当时，我就好奇，作为一部原著创作于二十世纪七十年代的电影，为何其中的女性角色分量却如此之重。好奇心驱使我一本一本地翻开了原著作者萨博·玛格达的作品。

萨博·玛格达一九一七年出生于匈牙利东部的新教城市德布勒森，其父母都是文学爱好者，热衷于创作各种体裁的文学作品。他们为小小的玛格达创造了艺术气息浓厚的家庭氛围：父亲为她朗诵自己创作的诗歌，母亲为她讲述自己创作的故事。母亲去世后，留给玛格达的是满满一抽屉从未发表过的文字,"那些作品中,除了令人着迷的故事情节特别吸引人眼球外,最瞩目的便是那些拥有自由灵魂的女性。这些女性独立自强,从不委身于男人身侧"。相比起与世无争,只愿埋头于阳春白雪的父亲,母亲对萨博的影响更为直观、深远。她的母亲年轻时当过教师,赚来的工资都要寄回家里赡养曾祖母。嫁为人妇后,家庭的经济条件也并不宽裕,总是在生活的柴米油盐中苦苦挣扎。但在萨博的记忆中,母亲从不怨天尤人,面对困难永远能找到解决的办法,她不知道母亲究竟是从何处获得超脱尘俗的力量。

长大后,萨博对女性也有了自己独到的理解:"她们熟悉生活,训练有素。我的家庭中从来没有男人强壮、女人柔弱这样的事。从我出生起就知道,男人非常神经质,也容易紧张,只会忙忙叨叨,做什么事都手忙脚乱。如果出了乱子,他们就被需要担负的责任吓跑了,而他们可怜的妻子却得去摆平后事,在物质上、精神上都是。长大后我得出这样的结论:严厉冷酷、坚强勇敢的男人只存在于文学作品中。但是现实中咬紧牙关为战胜一切肉体、精神折磨挺身而出的女人却比比皆是。我们那里的女人世代肩负着生活的重担,在我的作品里她们的形象都是真实再现,与我在家里时看到的一样,她们的周围笼罩着一圈母性和坚强的光环。"正是对女性的这种理解,萨博作品中的女性并不像当时的其他作品一样,只是男人的附属品。她的女性角色,往往性格鲜明,无论她们是追求自由,还是隐忍孤独,亦或是好吃懒做,每一个女性角色都被刻画得鲜明夺目,而不仅仅是作品中的绿叶、配角。

然而,萨博·玛格达在文坛备受关注的却并不是她作品中强势的女性力量,而是"内心独白"的写作手法。一九五八年出版的《壁画》和一九五九年出版的《鹿》均采用了这种手法。"内心独白"在二十世纪初曾被以詹姆斯·乔伊斯为代表的一批现实主义作家推崇,但在当时的匈牙利文坛,使用这种写作技巧的人却寥寥无几。二十世纪四十年代后,匈牙利文学主要分为三个流派,分别是"保守创新派"、探索实验小说可行性的"形式与内容并重派"和关注实验性叙事手法的第三代"西方派",萨博即属于后者之列。可贵的是,萨博·玛格达在摸索"内心独白"的这条新道路上,并没有抛弃匈牙利文学的现实主义传统,因而,她的作品又被人称为"心理现实主义"。

《壁画》一经问世便获得了空前的成功,被相继翻译成多种语言在欧洲和美国出版,并一举夺得了匈牙利最高文学奖——科苏特奖。在实验小说普遍找不到出路,得不到认可的大环境下,萨博的实验小说却能受到如此广泛的好评,应该归结于几个原因:情节的戏剧式编排、"内心独白"手法的运用,以及最重要的一点——突出塑造的女性角色。

整部小说共由十三章组成,并没有特别紧凑的情节发展,前八章都在逐一介绍人物形象。患了几十年疯病的教士夫人艾迪特去世后,她的家人们在葬礼当天的一系列行为举动和由全知视角的叙述者娓娓道来的心理状态,从各个角度完满地刻画了每一个出场的人物形象,为读者展现了一个二十世纪上半叶新教家庭的故事。萨博像拿着一朵鲜花,将小说中的人物像花瓣似的一瓣一瓣剥开。随着主人公安努诗卡的出场,这幅"壁画"中的人物形象逐渐生动、丰满起来。首先是愤世嫉俗、自私自利但也渴求幸福的孤儿阿尔巴德,然后是来此参加葬礼的艾迪特的母亲戴琪夫人,接着是死者的大女儿扬卡、扬卡的孩子茹若娜(苏苏)、四十年来一直在这个家里当佣人的高蒂大娘、扬卡的丈夫昆·拉斯洛,最后是整个家族的精神领袖、象征着专制君主集权的老教士马特·伊斯特万。故事的时间跨度从早上教堂钟声响起直至傍晚时分,共十三个小时,两代人的命运在这十三个小时中得到了清晰完整地呈现。葬礼前每个家庭成员都仔细地思索,细细地体味了一番过去几十年的家族历程,在与内心的斗争中反思这个家庭的过去与现在。整部小说都在为最后的相聚时刻做铺垫,这是故事矛盾的焦点。全知叙述者描述的一切都发生在过去,而读者则成为小说中对立的、充满戏剧冲突的人物命运与生活纠葛的见证人。二十世纪的欧洲小说经常运用这种分析编排法,但实际上,只有少数作家能够专注于戏剧的紧凑性。匈牙利评论家贝拉蒂曾说:"萨博巧妙地将传统与现代结合起来,在这部小篇幅的作品中她利用时间的流逝,不断加强小说中矛盾激化时应达到的情绪强度。"

再来说一说《壁画》中的"内心独白"。从人称的分类角度分析,意识流小说一般可分为客观性意识流和主观性意识流两种叙述方式。主观性意识流主要以第一人称叙述为主,而客观性意识流则以第三人称叙述的方式存在,这种方式又被称作"内心独白"。这种对人物心理进行直接展示性的"无我的艺术",只为呈现人物内心服务,而不进行评述,因为作者叙述的过程中已经忘记了作者的存在,将自己附身到作品中的人物身上。因而,读者的阅读便是站在一个全知的视角,俯视着小说中每个人物的内心活动,每一个读者都能潜入人物的意识深处,把心理的屏幕缓缓拉开,直接看到人物内心活动的原始形态,而无须叙述者做任何说明。

《壁画》是一部现实主义心理小说,萨博在《壁画》中大量使用了人物独白的技巧,即意识流客观(第三人称)叙述的方式展开故事,将读者吸引到小说中,用充满感染力的语言表达了对读者的充分信任,将读者带进了小说世界畅游其中,使其得到一种身临其境的熟悉感,成功地拉近了作品与读者之间的距离。这样的独白"既无作者介入其中,也无假设的听众"。作者作为叙述者的介入这时降到了最低限度,读者可以直接看到在叙述者的内心,究竟是如何评价其他人物的,叙述者对事件的感受如何,叙述者对故事的社会背景、时代背景所做的独立评价,而不必经过作者之口传递,增加了故事的可信度和可读性。而"内心独白"的另一个好处在于对同一个事件的多角度叙述,作者通过这样层叠叙述的方式,不断地加深事件在读者心中的印象,有利于深刻理解人物形象。举一个关于阿尔巴德偷书的例子：扬卡的女儿茹若娜发现自己用来练习阅读的《匈牙利历史图册》不见了，她推测是舅舅阿尔巴德偷偷拿去旧货市场卖了；扬卡从消失的《匈牙利历史图册》联想到了安努诗卡小时候看这本书时的场景，同时由于她的软弱，她打心底里不希望丢了的书与自己扯上关系，认为应该先把女儿的问题按下，等时机合适了再作解释；而对阿尔巴德来说，偷书增加的收入是为了给自己溺水而亡的亲生母亲修建一座体面的坟墓。同样一件事，在不同的人那里有着完全不同的意义，"内心独白"就是通过这样层层渲染的方式，通过一个个人物的"个性化表述"来营造出事件本身的层次感。

　　在二十世纪上半叶的匈牙利文学中，女性往往只是作为男性必不可少的附属品出现，而《壁画》中的女性却拥有独立完整的个性展示。她们的处境并不安逸，不论是女主角安努诗卡，还是她的姐姐、外婆，甚至是家里的佣人高蒂，都拥有自己的世界，她们需要与整个世界决裂，在自己选择的道路上一直走下去。萨博·玛格达用一种在当时看来颇为新颖的方式进行创作，试图冲破传统保守思想和生活方式的束缚。她坚持了自己的思想和道德革新，找到了自己在社会中的地位，并实现了文学艺术的自由创新。

2017 年 6 月 26 日布达佩斯

第一章

她伴着钟声醒来。晚上到这儿的时候,她连站在阳台上四下张望的力气都没了,只好打开行李,洗个澡就睡下了。她也没碰带来的书,直接熄灯进入了梦乡。现在,她靠在大枕头上最后伸了个懒腰,听着关节嘎嘎直响,用力伸展了一下脊背,小骨头间的咔嗒声就消失了。想到一会儿要去梳洗,她就满心欢喜。她喜欢梳洗、喜欢香皂的味道、喜欢毛巾的感觉、喜欢从水龙头里流淌出来的水。钟声响起,六点四十五分,远处飘来晨祷的声音。"铛——铛——"她站在流淌的水边听着钟声。这是一座可怕、贪婪的钟,矗立在新教堂顶上!小时候她总想象着它穿着一件铸铁的外衣,特别容易饥饿,总拿她吞的那些治疗贫血的臭烘烘的黄色药片当午餐。除了补铁药片,一座钟还喜欢吃什么呢?晚上它睡在铁床上,盖着铁被子,早晨醒来时,它就像爸爸那样大声喊叫。"铛——铛——"钟声回旋在酒店上空,又像二十年前那样问道:"围裙上的扣子掉哪儿了,安努诗卡?"每当这时,她都会去翻笔记本,把书包掏个遍,再把包里的杂物一股脑儿全倒在花园里。亚松在紧闭的大门后高声叫着,它想跟她出去,但显然不行。她跑开去,编得结结实实的辫子在背后上下翻跃。她推开学校大门时,钟声又响了起来,那是八点整——真正的早晨开始了。

而现在刚过七点。他们会埋怨她没穿黑袜子——她没有黑袜子。这身衣服既不适合葬礼,也不便于她中午之前到处转悠;也许斗篷有用,可以保暖。她没戴帽子,就是在佩斯她也不戴:她讨厌帽子。她不喜欢的东西,是看都不会看一眼的。她细细品味着梳洗的过程,突然想到应该去订个花圈,但转眼就忘了。一切都收拾停当,窗外响起了最后一次钟声。她走出阳台。

按小城的布局传统,酒店坐落在中心广场,所有的公共建筑都安排在周围。

她的身子往低矮的扶手外探去。

沉默的新教堂矗立在正对面,几位迟到的信徒一直恭恭敬敬地在台阶边等待。

远处,科苏特高举着手臂,奋不顾身的样子就像在高声提醒学校:"着火啦!"又或者传达了另一种意思:空有一副满怀激情的面孔也无济于事,希望早已落空。过去的市政大楼和州政府大楼——现在是市政委员会和州政府委员会的所在地——正狐疑地从广场的两个角落盯着对方。安努诗卡没办法快速判断究竟哪座建筑比较丑。也许还是州政府大楼吧，那就像是威尼斯总督宫①的拙劣复制品。市政府大楼则仍保留着些许往昔帝国的色彩，即使经过多次整修后，还是无法完全抹去那个时代的痕迹。

这些建筑中最不堪入目的，应该还是这座新教堂。小时候，她管它叫吐司面包，它看上去确实像一块发酵过度，快要从面包篮里挤出来的牛奶吐司面包。设计这座建筑的耶诺会怎么想呢？阳光洒在更远处的老财政管理局大楼楼顶的花形琉璃砖上，安努诗卡激动地惊呼一声。郁金香，黄蓝色和红色的郁金香琉璃砖！还有这么多！琉璃砖，她了解多少呢？这是一幢有两百年历史的新教教会建筑，房子里的洗衣房被改造成了浴室。这是她这辈子见过的最特别的建筑，每次安如自己去中心广场时，都会被它深深吸引，无法从它面前离开。多美妙的郁金香！老财政管理局的大门上方画着完整的《一千零一夜》。

她只是站在那儿，在九月清晨的阳光里盯着建筑发

---

① 一座位于意大利威尼斯的哥特式建筑，过去为政府机关与法院所在地，亦是威尼斯总督的住处。

呆。这座城市,与记忆中的那个地方相比,越发粗俗了。她无法把眼睛从郁金香琉璃砖上挪开。"真漂亮!"她听见自己的声音从遥远的地方飘来,那是她在为完美的色彩和线条喝彩。"真漂亮!"几十年前的安如也这么说,那时的他就跟她一样,不知道什么是琉璃砖。怎么可能不漂亮?谁见过墙上有石头郁金香的房子呢?

这时,她的脑海中浮现出那时爸爸把她带去日内瓦时的情景。寄宿学校对面的公园中央有一座红色大理石喷泉。那年她十四岁,生平第一次看见大理石和这样的无边喷泉。晚上,她从窗口爬出去。她至今还记得,那晚是满月,她光着脚,穿着睡衣跪在喷泉的台阶上,用手划着水。那座红色喷泉真令人心动,那颜色、那质地。早上她才发现自己的睡衣都沾满了泥,苏菲修女没有给她早餐。反正她也不喜欢吃早餐!大理石!大理石。这就是大理石!太美了!

她收拾好东西,结完账,在宾馆的咖啡厅里喝了杯黑咖啡。她在手中的当地报纸上找到了一条讣告。只有几行字:马特·伊斯特万夫人,本名戴琪·艾迪特,在坚强地忍受了长期的病痛折磨后,于近日病故,享年五十九岁。塔尔巴教区牧师、市政委员会委员昆·拉斯洛对其岳母,退休教士马特·伊斯特万之妻,昆·拉斯洛夫人马特·扬卡及马特·阿尔巴德老师之母,昆·茹若娜之外祖母的逝世，致以最诚挚的哀悼。究竟谁会写出这样的文字？一定是个陌生人，这个人以为孤儿①是他们的亲生骨肉后，而她也完全被忽略了。也许是个年轻的记者，不是本地人；因为艾迪特一直以来极力忍受的痛苦，在整个塔尔巴人尽皆知，当地的人都能回忆起母亲最后在家中的弥留时光。

她跳上2路电车，穿过市场。这里曾经有个大市场，九月时总能看见新鲜的核桃、李子、杏子和山茱萸果。这个小镇上的山茱萸果是从哪儿来的？数不清的葡萄，深玫瑰色的薄皮沙地葡萄成串成串地挂在篮子边上。帆布上金色的玉米穗儿堆成了一座座小山。

电车从新城飞驰而过，把楼房甩在了身后。这会儿功夫，电车已经开到了塔尔巴，这是她出生的地方。她熟悉这里的每一块石头。说实在的，这里没什么变化：塞佩西大叔商店的橱窗中的那个大木盘里，像过去一样，依然盛着小粒儿的糖块。只是那块旧招牌已经不见了。塞佩西大叔的招牌上有一只黑猫，耶诺的第一助手南迪把这只猫的四条腿画在一个平面上，它的那条尾巴看上去就像是第五条腿。要不是画得这么粗糙，也许至

---

① 原文为匈牙利语，意为孤儿，在文中指代马特·阿尔巴德。此处原文首字母为大写，既意指这个孩子的身份，也是他的一个绰号。

少会像一幅古埃及的壁画。新换的招牌上面写着：合作商店——整个城区根本找不到其他商业形式。豪伊杜大叔的店也还在，但早就不是理发店了，而是改成了一间办公室。从玻璃窗望进去，那两张铺着马毛毯的旋转理发椅不见了，钉在墙上的刮脸桌也不见了。不知有多少次，安如带她去那儿剪头发时，她尖叫着被人从桌子下面拽出来。现在，豪伊杜大叔的店里只放着一台秤和一台打字机。豪伊杜大叔大约直到去世前都认为她害怕剪刀、剃刀和那躺在木盒子里睡大觉的或是挂在墙上合着刀柄、闪闪发亮的剃须刀；只有安如知道，她只是讨厌皮克萨翁的玻璃瓶，那个橱窗里形状奇异的黄色洗发水瓶子。

电车轨道消失在伊势波塔伊路口：现在她已经看见教堂了，父亲的教堂。她从车上探出身去。宅邸的百叶窗紧闭着，但半敞着大门，孤儿跟唱诗班的领唱索瓦格站在门外聊天。许久不见，他长高了许多，穿着黑衣服越发显得瘦削、棱角分明。他抬眼看见电车驶来，安努诗卡正好映入他的视线。但他没像遇见熟人那样跟她打招呼，而是继续把眼神定格在索瓦格身上。

她要去的无花果园很远，在2路电车终点站附近。过了塔尔巴后，车上的乘客开始陆续下车。还没下车的人把篮子、袋子都塞在座位底下。葬礼三点才开始，时间很充裕。

到了兵营附近,她简直不敢相信自己的眼睛:上车的是弗兰切斯卡姑姑,她面色红润,肥胖的身躯不停地上下起伏着。她还和以前一样,一点都没变。车厢里有的是座位,但弗兰切斯卡姑姑偏偏在她身边坐了下来,这就是真实的本能的力量,她的一生都被这股力量卷入各种棘手的境地。安努诗卡从弗兰切斯卡姑姑身边侧了侧身,视线还注视着窗外。她感觉姑姑正盯着她看:姑姑认出她来了。这会儿她应该说"您好"或者"太巧了"!不。没有"您好",也不需要她为母亲哭泣。后来,她笑了笑,脑海中浮现出六岁时对弗兰切斯卡姑姑说的话:"你是个大嘴巴!""你胡说八道!"弗兰切斯卡恼怒地喊道。安如站在柴堆后面大笑起来,因为他也烦弗兰切斯卡。还有两站就该下车了,久利姑父去世后,她就搬来兵营这儿了。反正下午还要见面,也许那会儿还要比肩而坐;到那时再跟她说"日安!"好了。不知怎的,她一直在心中描绘着如果不跟姑姑说"您好",而是说"日安",会是什么样的情景。姑姑确实在兵营下了车,但她没朝房子走去,而是站在原地,一直等电车开走了,她还在远远地注视着。实际上,安努诗卡实在无法真心对她说"您好"!她没有任何接触姑姑的欲望,更别提希望姑姑安好了。

"终点站到了!"售票员喊道。她下了车。

这里的路面平坦,房子稀稀落落的,瘦高的白杨树立在路边,柔弱的柳树垂在九月清冷的阳光中。路边树上的黄色绿色掺杂着嫩粉色,栗子树上的叶子已经开始飘落。父亲曾说,图兹伯爵曾经在这儿拥有一座度假别墅,伯爵的暖房里种着无花果。那是自由革命①以后的事,这座城里有六十年没见到图兹家的人了。安如说,后来市里把他们家的暖房买了下来,但是一九〇七年审判时期全都被砸得精光了。现在,无花果园成了市里的植物园,安如就住在那里。

她离开后,这片区域就没再建新房子。低矮的房子比猪圈高不了多少,茂密的桑树长得比房子还高。秋天时,孩子们只穿件单衣,光着脚就在玻璃和碎石块中爬来跳去。栅栏的木片之间挂着一根晾衣服的长绳,上面搭着好多蓝色衬衣和污渍斑斑的袜子。这里的鸡也都瘦瘪干巴得没了样子。

她在梦里清清楚楚地看到过这片被漆成黑色的篱笆。"爱国路九号"——她右转时自言自语道,情不自

---

① 指匈牙利于1848年3月15日爆发的,旨在反抗奥地利哈布斯堡王朝压迫的自由革命。

禁地抬起头瞥了一眼：无花果园那头的库恩土坡①仍旧郁郁葱葱，看上去那么近，仿佛能透过稀薄的空气数出那上面究竟立着多少葡萄架似的。可那儿很远，要走很久。起风了，这风轻柔、湿润，吹在脸上有些痒丝丝的，带着这片土地的味道。这儿离蒂萨河十四公里，风如果从那个方向吹来，就会带来河水的味道。

她把羊毛披肩搭在肩上，这会儿觉得有些热了。一条狗朝她冲来，但没咬她，只干瞪着暴突的眼睛朝她狂吠。她一步跨进院子的大门，狗只能在外面刨起地来，在她身后暴怒地咆哮。

爱国路九号。房子刚刚重新刷过，白得像牛奶。井边散落着浆桶和干透了的刷子。果树都被冻死了，只有院子的四角各栽着一棵杨树。厕所外的木架子上爬满了野葡萄，就像搭起了一座凉棚。安如坐在一口大铁桶后面的秋玫瑰和金鱼草丛中，头上戴着无檐草帽，光着脚，双膝间夹着几根玉米叶编成的绳子，正在做拖鞋。她早已忘了安如的院子竟是如此局促：不足十米见方。狗在院子外啃起门来。

---

① 指喀尔巴阡平原地区一种人工堆砌起来的土堆，在匈牙利人从亚洲西迁至中欧的路途沿线均有分布。库恩土坡一般高为5～10米，直径可达20～50米，在古代曾被用于居住、丧葬、岗哨或是领土分界标示，现在匈牙利人多在库恩土坡上插上直排木架种植葡萄。

"您好！"安努诗卡说道，她抓起安如枯朽干涩、沟壑纵横的双手，行了个吻手礼。安如老了。浓密的眉毛染上了白霜，头发也花白了，他的脸就像一张皱纹织成的网，老得特别厉害，就是坐着也能看出他好像变矮了。安努诗卡记得每到秋天时，痛风就会不断地折磨他近两米的身躯，她很惊讶他居然能忍受如此剧烈的关节疼痛。这个驼背老人让她回想起九年前，她就是在他的掩护下从火车站逃走的。那时，安如六十四岁，说话声音低沉，像一棵肩宽体阔的白杨树。现在，他如此年迈，七十三岁了，唯一没变的就是那双手。

安努诗卡从小屋里拿出一张小板凳坐在安如身边，看着这个双手像巫师般灵巧的人怎么把这些编好的玉米叶缝合、编织成一双拖鞋。编好的绳子从他身边垂到地上，一条是黄色的，颜色很淡；另一条是深紫色的，那是他用接骨木花汁染的颜色——安努诗卡想。确实，树篱笆的一个角落里长着一大丛接骨木。九月时节，能染不少呢！一只拖鞋已经完成了。安如嘴里嚼着绳子。他的嘴嚅动时，安努诗卡看见他的牙快掉光了。她踢掉鞋子，把左脚伸进拖鞋里。太大了。

"没怎么长大啊，"安如嘟囔着，"您要是伸出脚坐在教堂前的台阶上，肯定会有人往您的披肩里扔钱的。"

这是他第一次开口说话。安努诗卡笑着用光着的脚跟蹬了两下地面,扬起一片尘土。一只在安如身边转悠的母鸡吓了一大跳,赶紧跑开了去。尘埃落定,微微的黄土味勾起了她鲜活的记忆,这记忆也曾出现在她的梦中,伴随着她的心跳在黑暗中苏醒,她会为想起这座自己早已逃离的城市而哭泣。她的裙子脏了,像是刚从磨坊里出来。她掸了掸。

"再掸一掸!"安如说,"您穿着黑衣服坐在那儿,就像一只天主教堂里的乌鸦。进去,穿上我的围裙!您的牛奶在里面,自己找找!您知道在哪儿的。"

屋子里有股薄荷和胡椒叶的味道,还有一种大叶植物的香味。父亲和昆·拉斯洛不喜欢这种植物,安如一直叫它艾菊,而且还像抽烟的人晒烟叶一样,夏天时把它们用绳子串起来晒在大路上。有牛奶,说明安如在等她。她打开小火炉,在烟味刺鼻的凉火炉里找到了一个旧罐子,一口气喝了个精光,奶已经凉透。她的衣服当然是湿了,很久都没这么站着捧着罐子喝奶了。牛奶滴了她满身。

她转头看看安如的私人物品;九年来他几乎没添置什么东西。墙上的钩子上挂着安如肮脏的绿色旧围裙,还有一件蓝色条纹的开襟羊绒衫。她该穿什么呢,要把这件该死的丧服洗了吗?这就是安如所有的衣服了?她的心抽动了一下。

"喝了多少牛奶？"安如问道。他站在门外，正挡住照进屋里的光线。安努诗卡把衣服脱下来，从钩子上取下他的蓝色条纹衫穿上。衣服垂到膝盖上；她卷起袖子，在腰间系了一根拉菲草。安如看到她光着脚穿过院子到井里打水，又在肮脏的水槽里洗罐子的样子，笑了起来。安努诗卡坐回玉米叶中间，看看装玉米的口袋，又召唤起小鸡来。她陌生但亲切的声音招来了三只小鸡和一只鸡冠苍白的小公鸡。安努诗卡又像之前一样，泪水在眼眶里打起转来：那口袋几乎见底了。

院子外的爱国路上来了个邮递员，狗汪汪叫着跟着他的自行车一路来到门前。邮递员起先没注意安努诗卡，后来，他的目光就没法从她身上挪开了。是安努诗卡出来招呼他的，邮递员想知道把信放哪儿。老头从来不跟人打招呼，每次新年的时候，这个穷困潦倒的园丁在喝上一杯葡萄酒后，就拴上门栓闭门谢客了，就是猛敲他的篱笆也没用。这姑娘是老头的什么人？

"我们真是有幸啊！"安如揶揄道。这种时候，他最讨人厌了。

邮递员撂下一句粗话，悻悻而去。安努诗卡突然爆发出一阵大笑。这也太可笑了，她接过自己母亲的追悼会通知，但信上的名号却一点都不可笑：致约厄·米哈伊先生。安如掏出眼镜，这还是他们一起从旧货市场的菲多利·艾尔日那儿买的，买来就是坏的，一条眼镜腿儿用火漆和缝衣线固定着。他们仔细地看了一遍通知。

事实上，直到现在两人也没正经说什么话。安努诗卡知道，在得到安如的允许之前，她是不能提问题的。天知道为什么，安如就是这么沉默。两人相互依偎着，看着纸上垂着柳条的墓碑。"保罗《罗马书》，十四章第八节。"安如拼读道，"我们若活着，是为主而活。若死了，是为主而死。所以我们或活或死，总是主的人。"安努诗卡读着。这张通知上很清楚地表明了，是的，这是孤儿，甚至是昆·拉斯洛早就准备好的，但底下的署名却是：科琳娜①。可怜的父亲，当他强忍着拿起铅笔写下这些词句时，承受了多少痛苦。难道是昆·拉斯洛强迫他的？

"你去参加葬礼吗？"她问安如。安如点头示意。他戳了戳通知书：

"这不是教士寄的，也不是昆·拉斯洛，是扬卡。这是她偷出来的，然后又要去教堂忏悔。您信吗？"

这肯定是扬卡寄的。扬卡这是在为自己呐喊，葬礼通知的撰写她也有份。她的孩子到底多大了？昆·茹若娜。他不知道她是哪年生的。安努诗卡抬起眼，几乎喊

---

① 活跃在公元前6世纪前后的古希腊抒情女诗人。

出来，这时安如也意识到了：

"他们把老夫人也请来了。世界末日要到了！"

外婆！寡妇戴琪·奥斯卡夫人！他们知道自己在干什么吗？安如掏出一根烟递给安努诗卡。又掏出烟斗干吸着，没有点火。

"夫人可以安息了，她要是再睁开眼，看见的就会是这种奇景怪象。"

"现在，"安努诗卡想，"他终于说话了。"她抓了一把玉米叶开始编起来。安如知道她编的没用，但他什么也没说。

"这个可怜的人，都去世四天了。但是没人知道为什么，只知道是心脏的问题。挺幸运的。"

那么说，是心脏病发作。安如什么都知道，他还去医院认了尸。妈妈除了头发白了，真是一点都没变。安努诗卡清楚地记得她长长的金发！几乎什么东西都会被遗忘，只有颜色不会。每个人的生活都笼罩着一种色彩：妈妈是黄色的，爸爸是黑色的，扬卡是灰色的，孤儿是绿色的，高蒂大娘是褐色的，昆·拉斯洛是红色的。外婆没有颜色，她从没见过外婆。安如是白色的。亚当也是白色的。

她搂住安如的脖子吻了一下。安如吓了一跳，马上停止了口中的喃喃自语，他还用灵巧的陶色大手轻拍了一下她的头。他不会轻轻抚摸，那不适合他的大手。安如的触碰还是跟九年前她离开家时，他带她去车站那会儿一样令人愉悦。那个夜晚，她也吻了安如一下，安如还哭了，他啜泣的声音低沉得像头熊。安努诗卡坐在木长椅上哭了好几个小时，她不时地拍拍挂在脖子上的红色口袋，里面装着安如给她的路费。

安如说，在那以后，妈妈只在家待过一阵，后来就离开了。就是安努诗卡离家出走后不久的事。起先，她非常安静，害怕所有的人，最怕的就是昆·拉斯洛。如果有人叫她，她会马上躲进卧室。奇怪的是，那时，父亲并不让她紧张。妈妈根本没察觉到安努诗卡不在了，有时也认不出扬卡；她真正信任的人只有父亲，总想和他待在一起。

比起安努诗卡，安如要含蓄得多，要从他嘴里漏出含含糊糊的半句话里听出他想说什么实在太不容易了。最后，她终于明白了，妈妈在晚饭后几乎总是跟父亲待在一起，最常待的地方就是卧室。爸爸像以前一样，从安努诗卡出生后他就睡在办公室里。但妈妈会在晚上从卧室爬到院子里去，在教士的办公室下拍着窗子轻轻哭泣。有一次，安如把她领回屋子，父亲却冲到地下室把自己灌得酩酊大醉。后来有一次，她唱了一整天的歌，一会儿唱流行歌曲，一会儿又唱圣歌。晚上她光着身子，手里拿着一盏蜡烛就去餐厅吃晚餐了。

安如东拉西扯地说着，手里开始编起另一只拖鞋来。安努诗卡其实也知道，以前妈妈还在家里时，她就见过很多次救护车、束缚衣和护士，高蒂大娘在哭，扬卡在哭，孤儿没哭，他会安抚父亲，摩挲他的手臂，父亲却脸色苍白地翻看《圣经》，他们一起围坐在桌边；扬卡不会唱《圣经》里的歌，安努诗卡会，因为她喜欢唱歌。她小声地唱着，嘴里飘出救赎的歌词：我的天主，你爱我忏悔的心灵……扬卡拉着她的手带她回床上。安努诗卡隔着紧闭的房门听到父亲取下餐厅门边的钥匙，朝地下酒窖跑去的声音。

"堵上你的耳朵！"安如说。安努诗卡知道这是什么意思：他要动刀子了。看来，她要跟安如一起午餐了，如果十二点开饭，那她还能看着他做。安如拿出一个盛血的小碗。

安努诗卡逃进屋里，关上了门。从窗口往里看，他的卧室泛着深绿的色调，把屋外照进来的阳光染得更绿了。安努诗卡掀起他的被子，被子下面什么也没有，只有一个枕头。她知道安如讨厌平躺。她把手往稻草垫里伸去，发现了他藏秘密的地方。她满心欢喜，却只找到了一些用绳子捆住的旧信件，很多很多信。安努诗卡每个月都给他写信，一开始是每周都写。安如从来不回，这成了两人之间的默契。安如一直读着这些打字机敲出来的文字，却不喜欢写字。他总觉得写字是件疯狂的事。他习惯用自己的方式回应安努诗卡：寄包裹。他为她的房间编了一个香蒲草花环，为她雕刻了一个盐罐，手绘了一个盒子，在编织袋里装上各种礼物，秋天的时候给她寄新鲜的核桃、南瓜、葡萄。安努诗卡安顿下来后，从自己挣的第一笔钱里汇了一些给安如，当作对安如送的那些礼物的补偿。但这笔钱被邮局退了回来，这时她才明白，安如生气了，她再也不敢给安如寄钱了。

　　他只接受了墙上挂的这件开衫，那还是她三年前寄给他的。其实，这也不是她买的，是亚当买的。"我们给安如买件开衫吧？"她问道，他们俩捧着一锅炖菜狼吞虎咽地吃着里头的肥肉，她嚼着全麦面包，碎屑掉得满桌都是。她想起安如冬天披在身上的东西，那是他送她去车站时穿在身上的衣服，已经破烂得不成样子了。她和亚当凑了钱给安如买了这件羊毛开衫，看看，现在却被他挂在钩子上，没有一点磨损的迹象。安如的头上究竟戴的是什么？他的皮帽子还在吗？猫咪伊莲在帽子里生了一窝小崽儿，在小猫崽儿们还没睁开眼睛，学会用它们细得像火柴棍一样的腿到处溜达之前，他好心地把这顶帽子让给了猫咪一家。他的齐特琴呢？这也没看见。

鸡终于瘫了下来，喉咙上冒着血泡。她没往外走，两条腿还在不停地颤抖——她很怕杀鸡。难道晕血也是遗传？

安如很穷，挂在天花板横梁上的那些小口袋都空了。房间是不久前重新刷的，砖炉也是。洗脸盆挤在一台木三脚架的支脚之间，脸盆后面的墙上挂着一块床单似的布。安如怕洗脸时把新刷的墙弄脏了？年轻时他可没那么仔细。她凑过去仔细打量起安如的护墙布。这是块粗糙泛黄的普通料子，安如在它的四角都缝上了金属圈用来挂墙。现在，当她直面这堵墙时才发现，它没有重新刷过；这堵墙被烟熏成了灰黑色，掉落的墙皮碎屑堆满了早已斑驳不堪的墙脚。

安努诗卡突然想起了什么。那时，这面正对着床的墙，这面硕大的，童年时在她看来巨大无比的墙面前还没摆上木架子……她试着取下挂在架子上的护墙布的两个角。那并不容易，这两个角掉落在满是墙皮屑的地上。终于成功了，这时，她才发现，她猜对了。护墙布下，安如的洗脸盆后，正对着床的正是一幅描绘安努诗卡成人礼的画作，护墙布下是属于安努诗卡的壁画。壁画是耶诺创作的，他在鞋油盒里调的颜料，画完后，干透的墙面上散发着阵阵酸味儿。

她呆立着，身子向后倾斜，眼睛直勾勾地盯着画面上的这些拜占庭画风,别具一格的人像。那是小狗亚松,背上长着一大块黑斑,它的旁边坐着妈妈。妈妈金发垂地,手中捧着一本书,紧紧搂在怀里。扬卡的手上拿着棕榈树枝,身边站着一头驴,父亲肩披披风,闭着眼,一个可怕的红色形象表示那是昆·拉斯洛,他穿着宽大的裤子,身边佩着剑。高蒂脸色通红,脖子上套着一串大蒜,还有一只青蛙,一只巨大的青蛙——那是孤儿——最后是她自己,一个背影,只能看见垂在她背后的马尾辫和一只滑落的袜子。她的身边是安如,头顶着莲花冠,满脸络腮胡,比谁都英俊伟岸。他满头茂密的鬈发,像个统领家族的国王,伟大的安如,他就是唯一。事实上,他的脸跟她的一模一样,她手中捧着金苹果和安如的权杖。

安努诗卡没有哭,但她觉得如果能哭出来,或许会好些。安如走了进来,把盘子放在她身后——盘子上盖着盖儿,安如知道她受不了血。这时他发现了她在看什么。他站在她身后,就那么一瞬间,随后便夺下她手中的盖布挂了回去。

"午餐在锅里做着呢,"他说着从小门里快步走了出去,"别看画了,这不是现在看的。房子终归是您的,等睡魔①把我带走时您才能看。但这还得有段时间,早着呢。拖鞋做好了,别光着脚,当心被玻璃割伤。等午饭做好了,您跟我说说您的故事。"

他弯下腰去捡玉米皮,把它们一条条整齐地拴在一根绳子上。他想做一块擦脚布,正在量尺寸。安努诗卡从小板凳上滑到他面前的地上,想把脑袋搭在安如的膝盖上。并不那么弱不禁风的安如推开了安奴诗卡的头;她打扰到安如编织了。安努诗卡往嘴里送了根稻草,两人终于聊了起来。

---

① 西方民间传说中催人入眠的童话形象。此处安如是指自己永远睡去了。

第二章

孤儿盯着电车渐行渐远,直到车厢后部的平台消失在街角。很久没碰到像今天这么有趣的日子了!当安努诗卡离家出走,亲爱的妈妈穿着睡衣出现在餐厅,而父亲——就像是《圣经》里的老约瑟夫那样——逃入自己的办公室时,房子就这样被紧张的氛围笼罩了起来。可怜的妈妈,她的意识一直是混乱的。就算这样,她的身姿也还是相当迷人,她刚年满五十,胸部还是那么丰满,小腿依然细长白嫩!要不是她的脑子如此混乱不堪,她是绝不会成天无所事事,只知道混沌度日,连房间门都摸不清的——她是真的把餐厅当作了办公室,那时他就睡在那儿。那年春天,他十五岁了,愚蠢的扬卡还让人把他的蓝裤子裁短,所有人都惊呆了。

真是个好日子!他吹着口哨推开门,刚走到门边,就停下了脚步。老夫人坐在房子外的葡萄架下,眼神僵直,一动不动地盯着他,像吞了石灰刷子似的。

"上帝会惩罚她的,"孤儿寻思着,摘下一朵雏菊,

"她给葬礼带来了霉运!她来干吗?来继承遗产?这下可有意思了。"

他朝老夫人躬下身去,问她太阳不会太晒吗,她冷吗?他可以给她拿一把伞或是拿条毯子来,随她喜欢。戴琪夫人摇摇头,看了看孤儿。

"上帝会惩罚她的,"孤儿又这么想着,"到底有什么可骄傲的?大家都知道,其实,妈妈当时只穿着一条裙子就嫁给了父亲,她和他的婚姻,就像雷瓦伊翻译的《范妮·邓巴》① 一样。"

他想起来,剩下的那些书应该尽快处理掉。现在的行情已经大不相同了,那些神学书连旧货市场上的狗都懒得理睬,都一文不值了,父亲和那个傻瓜还拿它们当宝贝。扬卡只在卧室里看圣米哈伊娜②和巴克绍伊③的书,一本接一本;她也从来不敢站在高耸入穹顶的书架前,真真切切地看一回那上面都立着些什么书。书架上的书看上去一本不少,谁也不会总在这儿看书,每卖一

---

① 罗伯特·彭斯的诗歌《范妮·邓巴》描写了男主人公毫不在意女主人公的嫁妆多寡,只求范妮来到自己身边,与之厮守终身的爱情故事。
② 圣米哈伊娜·萨博·玛利亚(1888—1982),埃尔代伊地区的马札尔族女作家、记者。
③ 巴克绍伊·山多尔(1832—1915),加尔文教教士、作家、诗人、翻译家。

本他就能从旧货市场得到一百福林。但他不能把这个太当回事，因为茹若娜的关系，他必须非常小心。茹若娜总在这些书架中间晃来晃去，而且上次她已经发现有几本约卡伊的书不见了。

这个老女人究竟为什么这么目中无人？她连住旅店的钱都没有，还要跑来他们家捣乱。妈妈在世的四十年里，她连一步都没踏进过这个家。孤儿从院子里匆匆走进了装着玻璃窗的露台。他想起父亲和昆·拉斯洛因为讣告的事商量了三天。"这是一段维持了四十年的幸福婚姻。"昆·拉斯洛口述，扬卡则坐在桌子边暗自哭泣。"不，"父亲低沉着声音说道，他举起手，似乎还未平静下来，"我们不能在上帝面前撒谎！按照上帝的神秘旨意，我们的婚姻并不完美。"奇怪，这样的时刻，这个人竟然没有崩溃！不完美！最后，当然还是昆·拉斯洛胜利了。撒谎是罪孽，但为了亲爱的逝者也实在不该把家丑外扬，更何况是在一篇讣告中。然而事实上，城里的每一个人对这个家庭的一切都了如指掌。如果只字不提幸福的婚姻，只会引起各方的恶意猜测。

"假如，"孤儿暗自思忖着，"他们按照事实情况撰写讣闻，会变成什么样呢：我们很高兴地通知各位，二十九年来，我的夫人大部分时间都是在疯人院度过的……"

露台的左侧是图书室，这是大宅左翼唯一一间临着马路的房间。教士的这座宅邸两百年来逐渐延伸至老教堂的荫庇之下，大宅深处的后墙下，洗衣房、盥洗室、厨房依次排开，院子里还有一座仓库和一间棚屋，过去的救济院和收容所也建在这儿。二战以后，也就是与苏联联合执政后期，他们交出了救济院和收容所，穷人们纷纷流散到各个教会中。曾经有一个患了传染性眼疾的老人来到他们家，所幸他不久就离世了。即使他活着，也什么都看不见，只能听见从"恶棍"安如的旧居——棚屋中传出的声音，那是他在哼唱圣歌。现在，棚屋的那边已经改建成了一家托儿所，他们重新刷白了旧房子，但这栋不带地下室的房子里抽不出地下水了。"身与心同在！"孤儿想着，"哎，上帝的孩子们。"

实际上，他应该去跟昆·拉斯洛谈谈，这两天他的反应最激烈。父亲形容憔悴，看上去似乎相当平静；扬卡总是那副模样，从来看不出她是因为得了禽流感还是因为母亲去世才痛哭流涕。但昆·拉斯洛却消失了，很显然他是进城了，不然就是去了委员会——连葬礼当天，他也雷打不动地去那里。

孤儿走进图书室，环视着周围的书籍。图书室尽头的那面墙，正是大宅左翼紧靠街道的一侧，从那儿开始，就是大宅面向花园的部分：餐厅、卧室、卧室后面一条后来修建的逼仄走廊，走廊通向后院，能去往盥洗室和厨房。大宅和昔日的收容所外墙连为一体，整片建筑呈 U 字形，从大门进来，右手边是办公区；面朝街道，与图书室平行而建的是教士的办公室，父亲一般就住在那儿。那是整栋宅子里最大的房间，几乎与另一边的图书室和餐厅加起来一样长。办公室的旁边是一间礼拜堂，它的门朝向花园——昆·拉斯洛还没和扬卡结婚前就住在这儿，那时他还在父亲手下做牧师。他们结婚后，自然搬进了大宅，礼拜堂便空置了：这里成了一处办公的地方；父亲从来不踏足此地，只有昆·拉斯洛把这里当做办公室。他总是说，就因为父亲的关系，他都没法继续用大宅的这间礼拜堂了，只能住到城里的那头去。可笑，看看他们让爸爸住在哪儿。这对夫妻住卧室，而他自己却住在图书室里——餐厅里是不能住人的。从那时起，他就一直睡在那儿——孤儿已经记不起躺在卧室里那两张床上的扬卡和安努诗卡是什么样的了。他把自己埋进扬卡绣的枕头里。安努诗卡回来了！真是开玩笑！

　　孤儿疾步走上露台时，楼下花园里的老夫人望着他的背影。她紧紧地盯着他。昨天晚上他回来时，老妇人一直想不起来这个年轻人究竟是谁。这时，她开始慢慢有了些印象；扬卡好像有一次写信告诉她，教士把他兄弟的遗孤带回了大宅，也许会领养他，已经记不清了。这事过去了很久，可能有二十年了。那时她也还年轻，尚未满六十岁。这个身形纤瘦、心事重重的年轻人多大了？也许有二十五岁了。

　　真令人唏嘘，艾迪特去世在秋天。她原本可以在春天或夏天离开，而不是这个特别容易让她发烧的季节。所幸在火车上时大家都对她很照顾，窗户紧闭，毯子和围巾把她裹了个严实。但这座房子！这座房子是不可能暖和起来了。这些拱顶的房间里湿度很大，所有的东西都散发着一股霉味儿——晚上她几乎无法合眼。最舒适的地方就是花园了，至少这儿还总能晒到温暖的太阳。

　　她从没见过如此不堪的花园。每一块花床上都种着同一种劣质的鲜花，旁边还有支棱着黄色的杂草。霉菌爬遍了两丛雏菊花，至少应该把半死的金钟柏砍了，但是，不，它们就这么立在干枯的草坪上丢人现眼。这家人肯定都习惯了这副模样。都是些什么人啊！就是有钱她也绝不去住宾馆。国家可真会算计，一个退休的老妇人到这时就该办丧事了。每月一百一十九福林的退休金。就靠这点钱生活，要不就去死吧！夜里她几乎无法入睡，满鼻子都是厨房的味儿，还有滴水的声音。

　　希望这以后教士还会继续资助她。她清楚地记得，如果没有她，教士不可能娶得到艾迪特。他的内心并没有因此而充满了喜悦——但从客观上来说——是教士自己想要她的,要不是教士,她无论如何也不会来这儿。十九岁的艾迪特在结婚的当天早上,被她硬拉着去注册。只要教士能供她生活,提供她需要的一切就行了。要不是农村的生活比城里简单得多,一百一十九福林根本没法过日子。

她年纪越大,胃口也越好。多少次她在梦里看见儿时的各种大餐,奶油、蛋糕和泡芙!其实,她现在就饿了,但她也不想去要吃的:她不知道大平原地区是什么习惯,也许这里的人在葬礼之前是不吃东西的。否则,肯定会有人想起来问问她是不是饿了:扬卡,她的外孙女儿,从早上起就没见她的人。

这么不起眼的姑娘,怎么可能是美丽的艾迪特的女儿?扬卡浑身上下只有头发特别漂亮,她幸运地继承了母亲的一头浓密金发,尽管如此,她看上去依然不在状态。她从不把头发放下,让波浪似的长发披散在肩头,而只会扎一个沉闷的发髻——这样的头发,怎么能梳发髻?她的孩子,安静的茹若娜,拥有一双白皙修长的腿,连她都比她妈妈动人。可这孩子太安静了!

最小的女儿究竟是怎么回事?黑头发那个。教士曾经给她寄过一张照片,是她的两个外孙女,那时扬卡十二岁,安努诗卡大概只有三岁。"我的小女儿,安努诗卡,已经不住在家里了。上帝不可转移的意志让她离开了我们,我们就当她死了。亲爱的妈妈,求您别再问起她了。"在这座宅子里,提起什么都是痛苦的,如果每个人都保持沉默,那么艾迪特也是美好的。因为安努诗卡,这个女婿在心中怪罪于他们:艾迪特的父亲是个画家。奥斯卡,亲爱的!他是多么亲切、多么与众不同。他在作品收藏室里被有毒的颜料感染了伤口后,短短两天之内就去世了。要是他能多活几年,或许事情就完全不是现在这样了。尽管如此,上帝知道,艾迪特从没完全正常过,几乎全村的人都知道,只有教士不知道。

要是能知道现在几点钟就好了。她很久不戴手表了,单凭肉眼又望不到钟楼。那个长着红色大脸盘,身材像屠夫的男人,就是扬卡的丈夫。他八点离开的,反正不会超过九点。她叹着气。可怜的艾迪特一辈子都在制造麻烦。从艾迪特出生之前就是这样,她在肚子里时差点死掉,三天后来到人世,接着病了一段时间,最后身体又被拖垮。坦白地讲,不得不说艾迪特的体质和对宗教的虔诚是从她姐姐维罗妮卡那儿继承下来的。两人的感应远比想象中复杂,因为维罗妮卡早在艾迪特出生前就夭折了。或许根本不用在意她是否继承了维罗妮卡的这些特质?不过她也并没有表现出什么特殊的天资,谁会拿一个十九岁姑娘的想法当回事儿?艾迪特看到了什么？什么也没有。她三岁时被带到了茨里克韦尼察①，接着奥斯卡就去世了，她回到了出生地——巴拉顿湖边的村子里；奥斯卡因为没工作几年，也就没有退休工资，只能领些救济金。不过她和艾迪特住的房子是他的，她在院子里种些农作物，还能卖给在斐莱德②泡温泉的游客们。茨里克韦尼察和巴拉顿湖边的小村子——教堂里清冷的早晨、从不缺席的周日学校和教会夏令营，这些就是艾迪特所有的记忆。

有意思的是，她从不对艾迪特发火：她们太可怜了。有时她觉得自己快疯了。她总是翻过山丘去斐莱德，站在码头朝流淌着音乐的甜品店里张望，接着眼泪就滚落下来，她觉得如果不马上抽身离开，她就要朝身边衣着光鲜的人们恶言相向了。奥斯卡为什么要死？为什么他要从茨里克韦尼察回到村子里来？为什么她会像一件穿了五年的旧衣服一样，失去了光彩？为什么上帝要用这个孩子来惩罚她，这孩子就是被惹急了，也是一点儿脾气没有啊。

多少次，她都为艾迪特长大后的出路愁得没法呼吸。艾迪特不适合出去工作，基本上不擅长任何事，她

---

① 今克罗地亚的亚德里亚海滨城市。
② 巴拉顿湖边的小镇。

胆小怕事，也不善言辞。也许至少能把她嫁出去——艾迪特从白堡的学校回家时，她是这么想着。艾迪特从她的教父那儿去的学校。他们也是数着天数过日子的，终于可以把她送回家了，她可怕的沉默或厉声的尖叫快要把他们逼疯了。当时她确实有些情绪起伏，并不是因为艾迪特，而是因为那个住在村子另一边，总是从修在穷人区石头坡上的教堂旁关注她们的教士。那时的他完全是另一副模样：在国外大学接受的教育让他浑身散发着智慧的光芒。他比艾迪特大十一岁，但这并不是主要问题，关键问题在于艾迪特虽然见谁都怕，对这个教士的恐惧却尤为强烈。要不是那时她自己爱上了卡尔曼，并不希望他娶艾迪特，她也会非常失望的。艾迪特是个负担、拖累，是个解决不掉的麻烦。卡尔曼若是明确表示他绝对不会娶这个特别的孩子，那她就得砸在手里了。卡尔曼讨厌艾迪特，但那会儿他也并不确定自己绝不可能娶她。总之，教士还在给她寄那么多钱。年纪大起来后，她越发害怕贫穷了。

扬卡从厨房里向外张望，大喊道："您不喝杯牛奶吗？"蠢姑娘！"来一块泡芙和几块清淡的馅饼吧——牛奶就算了！"她消化不了牛奶。"大平原"——她在心里念叨着扬卡。她都快忘了，那时当她听说新婚的女儿女婿不会继续住在村子里，也不会在附近生活，而是要一起搬来这里,搬来大平原这座更好的宅邸,在更优越的环境中过日子时,她意识到艾迪特要远远地离开她了,远得仿佛生活在另一个国度,那一刻快乐的感觉简直美妙极了。

第三章

　　她拎来一个给丧服染色的小桶，只能一次一件地染衣服。茹若娜的留在最后，这会儿她正染着呢。她握着搅拌果酱的木勺在蒸汽中上下翻捣，染的是一件红衣服。几分钟后，她把水拧干，晾晒一会儿就开始熨烫了。要是拉斯洛在就好了，她一直很害怕招呼来家里做客的远房亲戚或熟人——那样她就得放下手里的活儿，这些活儿可能直到葬礼结束都做不完。扬卡总是拖拖拉拉，却从不会耽误任何工作，她只是手脚不怎么利索，不太会安排时间。现在也是，自从母亲去世后，她每天的任务就是染色和熨烫——她也不知道自己为什么这样，习惯了零敲碎打地干活。她需要在一天之内把所有的东西都染好颜色。确实，这口染桶太小了，她想也许茹若娜可以不用穿丧服了，穿件深蓝色的帆布衣就行了，那是母亲去世的消息传来后，她第一时间赶制出来的。但她一提起这件事，拉斯洛就摇摇头，父亲却直接恼羞成怒了——这样一来，还是得把那件红衣服染了。

可怜的小苏苏①,黑衣服衬得她脸色苍白!扬卡对茹若娜的爱就像一股无法遏制的激情。事实上,这种奇诡、狂野的爱,早在茹若娜尚未出生前她就感受到了,她只知道,再过几周她就要出生了。

自从安努诗卡离家出走后,就没人跟扬卡说话了,安如也从大宅里被赶了出去,这种可怕的不被需要的感觉让她变得比生活在正常环境中的人更沉默寡言,然而这样的情况伴随茹若娜的出生多少得到了些缓解。倒不是说苏苏很像安努诗卡。安努诗卡是黑色的,她总是大喊大叫,予取予求,也总是欢呼雀跃,奔来跑去的;茹若娜却连哭都不会好好哭,她和妈妈一样,顶着一头金发,不怎么爱说话。要说茹若娜在某种程度上像安努诗卡,那是因为安努诗卡出生时就是扬卡给裹的包巾,她甚至还把陌生人的奶和淡茶装在奶瓶里,像喂小猫似的喂安努诗卡喝,因为安努诗卡不会吮吸,而妈妈刚生完安努诗卡就病倒了。

在扬卡的记忆中,有两个日子是她永生难忘的:一个是安努诗卡出生的日子,另一个就是茹若娜的生日。安努诗卡是午餐时间出生的,非常突然,后来扬卡才知道,她比预产期晚来了三周。妈妈算错了日子,最后几

---

① 茹若娜的乳名。

个月,不管是好言相劝还是恐吓威胁,她怎么都不肯去胡拉伊大叔那儿做检查。父亲那时还在日内瓦,十天后才能回家,他正代表本地教会参加世界加尔文教①大会。这是父亲一生中最辉煌的时刻。二十九年前,父亲就开始期待长老的职位和一个儿子,但女儿们的接连出生,终于浇灭了他得到小儿子伊斯特万的最后希望,母亲在生产后患上了精神病。

  天气多好啊!丧服湿漉漉的,黑色的气味中还能闻到玫瑰的香气。那是六月十七日,院子里种满了玫瑰花。那年春天,她刚满十岁,是个羞羞答答、沉默寡言的少女,总是一个人在家陪着妈妈。安如和高蒂大娘去了葡萄园,妈妈在露台上熨衣服,她就在玫瑰花丛中用不求人给自己挠痒痒。她是个安静的孩子,他们从不允许她离开家。他们唯一的亲戚,弗朗切斯卡姑姑没有孩子。妈妈除了拒绝她的要求,从不跟她说话。她跟佣人们没什么可聊的,也不热衷阅读;她的手里总是忙个不停,很小的时候她就能做得一手漂亮的针线活,但却惜字如金。在学校里有段时间,她被同桌萨博·海德维格吸引,可是却不能跟她有进一步的接触:海德维格家是

---

① 16世纪欧洲宗教改革运动时期产生于瑞士日内瓦,是基督教的新教三个原始宗派之一,泛指完全遵守约翰·加尔文《归正神学》及其长老制的改革派宗教团体。

狂热而坚定的天主教徒。妈妈从不出门,除非是参加玛尔塔社团①的活动,或者去市场办事,再者就是去主日学校②上课。除此之外,她不是待在楼下的厨房,就是在缝纫机边缝她总是开线的内衣。

回首往事,扬卡有时会觉得别人从不跟她说话,而她却依然学会了开口这件事感到惊奇。六月十七日那天,她的脖子被晒得通红,她听到妈妈的说话声时,着实吃了一惊。要是有人突然叫她,她必定会立刻看看是不是打碎了什么东西,是不是又做错了什么事儿。打碎东西是扬卡最害怕的,因为每次她打碎盘子都会挨打。听说只是需要她去隔壁找胡拉伊大叔,她才松了口气。她从医生那里回来时,妈妈已经回到卧室,她又在花园里挠了一会儿痒痒。随后,安如和高蒂大娘回来了,他们带着她和一个装睡衣、牙刷的篮子去了弗兰切斯卡姑姑家。

扬卡还怀着茹若娜的时候,高蒂大娘回忆起妈妈花了两天时间才生下安努诗卡的情景,她叫唤的声音就像只小猫。妈妈直勾勾地望着天花板,还撕坏了一条毛巾。扬卡生苏苏的时候喊得声嘶力竭,可一看到新生的

---

① 当地的女性社团。
② 教会在星期日为贫民开班的初级教育机构。

宝宝和她那红润的小脸蛋、小手指头时，就把一切痛苦都抛到了脑后。苏苏刚出生时不怎么讨人喜欢，一岁以后才慢慢漂亮起来；安努诗卡却是一直都那么好看。第一次看见妹妹紧紧攥着的小拳头放在耳边，被包裹在襁褓中时，扬卡的心怦怦直跳。高蒂大娘眼眶湿润着把什么东西放到煤油炉上去热，她抽泣地说，妈妈病得很重，她的小妹妹也需要有人照顾。多快乐的一天！他们让她照顾，人生头一遭啊！他们连一个水杯、一个盘子都没给过她，因为她总是笨手笨脚的，几乎拿什么都会掉——现在他们却允许她照顾这个襁褓中的小生命，给她换尿布，把她抱在怀里。是的，安如总是陪在她身边。苏苏出生时，她照顾孩子的动作已经相当娴熟了——因为给安努诗卡裹襁褓的总是她！她很爱茹若娜，也爱总是大哭大闹着要奶喝，一天喝三次配方奶，再把喝多了的奶吐出来后才能安然入睡的安努诗卡。但那时候，她还不叫安努诗卡。

  扬卡分娩时，一直在心里反复琢磨着母亲生下安努诗卡很多年之后，高蒂大娘悄悄告诉她的那些话。胡拉伊大叔把清洗干净、裹在襁褓中的安努诗卡放到妈妈身边时，妈妈睁开眼，双手紧紧地抓住了她。"生孩子很疼，"胡拉伊大叔后来解释道，"也很消耗体力，要慢慢恢复。"但扬卡情愿相信安如说的，妈妈一直有些不正常，持续两天的疼痛最终把她折磨疯了；她可怜、混乱的脑袋中能与安努诗卡这个人联系起来的，只有她经受过的折磨。扬卡在进产房前，一直很害怕自己会不会也像妈妈那样，连孩子的脸都没法亲一亲。后来，很快，一切都结束了，他们把苏苏放在她枕边，而扬卡，在她深沉而孤独的人生中，第一次体会到了不再孤单的感觉。

她奶水充足，给苏苏哺乳时，她的脑海中一直回想着安努诗卡整个婴儿时期都在喝配方奶的情景；妈妈从不让她靠近自己。那时，高尔·安道尔还是个助理教士，是他去为安努诗卡登记的出生信息。虽然他们期盼的是伊斯特万，但父亲还是准备了一个女孩的名字。直到现在，扬卡还把父亲出差前留在礼拜堂里的一张纸条保存在自己的信笺盒里："马特·伊斯特万，加尔文教教士，四十一岁；戴琪·艾迪特，加尔文教，三十一岁；新生儿，加尔文教，儿子伊斯特万，女儿茹若娜"。高尔·安道尔出发时，让高蒂大娘去知会了妈妈，那时，妈妈大叫着让扬卡把纸条递进来，她从未如此高声大喊过。扬卡拿回纸条后，高尔接了过来，把纸条揉成了一团——纸条上茹若娜的名字被画掉，妈妈用修长、凌乱的字体在纸上写下了：科琳娜。高尔不敢敲卧室的门，只是透过窗口问还有没有别的地方要改了，妈妈嚷嚷着让他赶紧出发,别再问东问西的。高尔,这个可怜人,他以为他们在最后时刻就是这样跟父亲商量的。所以,安努诗卡就成了科琳娜,而苏苏就成了茹若娜。父亲无论如何都想给孩子起名叫茹若娜,而拉斯洛就无所谓,叫什么名字都行。

谁能跟得上妈妈头脑里的思路?她是从哪儿知道,哪儿看来这个名字的?从一本古老的,让人记忆深刻的童书里?她幽暗的大脑在动着什么歪脑筋?她满腹怨念地诅咒自己、丈夫和孩子——那个将近五公斤重,每天哭哭啼啼要奶喝的孩子。高尔只在拍往日内瓦的电报里提到生了一个小姑娘,他还多写了一句:"尊贵的夫人给孩子登记了别的名字。"父亲得知这个消息时,完全惊呆了。扬卡觉得,就是他把放在小木屋里的安努诗卡睡觉的婴儿床弄翻的。后来,胡拉伊大叔不停地在他耳边吹风,应该定下安努诗卡的受洗时间了,因为刚生下来的婴儿都是异教徒。因此,安如从小木屋里走出来,用两个巨大的带着香料味的盘子托着裹在襁褓中的安努诗卡对爸爸说:"这就是安努诗卡!"这是安努诗卡出生后,安如第一次帮她解决问题。盛怒中的父亲也笑了,安如却像个刚出生的孩子一样无辜地盯着他看。科琳娜——这个名字对安如来说毫无意义,对这个家里的任何人都没有意义。她想起那时候,家里乱得天翻地覆。妈妈违背了父亲的意愿，后来，弗兰切斯卡姑姑说："他是在亵渎自然法则，因为他不承认自己的孩子。"妈妈意识清醒时说的最后几句话，就是管高尔·安道尔要了父亲的纸条，并篡改了上面的内容。这以后，她几乎没有清醒过，就被送进了医院。他们告诉周围的人，她去了精神病院，最后闹得满城皆知。这是一个封闭的圈子，而且事实上，她从没有过清醒的时刻。父亲差人叫来扬卡，郑重地把房子的钥匙交到她手上。他抓住一切机会跟她谈话，为了让她能重视以后她将担负起的责任，还发表了一番小小的演说。那时，她才十岁，妈妈和高蒂两人都不像成年人，家务活实际上只有安如在操持，安努诗卡也是她和安如两人一起养大的；安努诗卡整天吵着要吃的，一会儿呜呜地哭，一会儿又尖叫着大笑，真是太美妙了。而安如给她的名字，就永远地跟着她了。长老的职位自然是没戏了，一个妻子是疯子的长老……想什么呢！父亲就是那时候开始酗酒的。

　　扬卡从来不是个优等生，考试只能得两三分。妈妈被带走的那一年，正是她升入中学的年纪，她在老师身边总觉得提心吊胆，所以拿回家的成绩就越来越差，奇怪的是，即便她完全理解了课本上的内容，也依然答不出题来。四年级结束后，她的痛苦终于到了头：很明显，她不是块读书的料，却很擅长做家务。她得知自己不用继续读书后，高兴极了！安努诗卡却正好相反，即使一点都没学过，她也能顺利地答出题目。安努诗卡回答问题时善于猜答案，连数学推演也是。每次扬卡试图给安努诗卡检查作业的时候，都只能干瞪眼。而安努诗卡眼神一闪，只消一刻钟工夫就能编出一个她从没在书上看过的胡尼奥迪·雅诺士①的精彩故事。茹若娜又跟她们俩都不一样。她从不猜测任何事，没什么想象力，但非常善于口头表达，任何从她嘴里吐出的话都条分缕析、逻辑缜密。很显然，这遗传自茹若娜的父亲，而不是她，因为她嘴里是吐不出什么莲花的，连祈祷文都说不利索。如果这么评价一个八岁的小孩不会太奇怪的话，可以说，茹若娜很有神职人员的气质。这一点也没什么可惊讶的。这座房子里还有什么事不会发生？

衣服已经染好，她小心翼翼地不用手去碰衣服，而是用木柄把它从黑色的染料里提出来。如果下午被人看见手上沾了颜色，她一定会因为早上还在干活而受到责备的。她把衣服投进大桶的冷水里，洗干净手。接着又把衣服拧干、熨平，就算完事儿了。她擦手时，茹若娜

---

① 胡尼奥迪·雅诺士（1407—1456），匈牙利抗击土耳其侵略的民族英雄。

进来找吃的了。

扬卡给她抹了一片奶油面包。这姑娘很特别,有客人在家吃饭时她从不觉得饿,什么都不吃,只是出神地呆坐着。早上她只顾盯着外曾祖母看,可能只喝了杯咖啡。安努诗卡是做什么事一定都要争第一的,如果有客人从大盘子里拿了她爱吃的食物,她准会哭。就因为这,她可没少挨打,也没少被罚不准上桌!父亲和昆·拉斯洛猜测,这难道是她的嫉妒心作祟?有一次,她拿着弗兰切斯卡姑姑盘子里的煎饼跑到院子里,父亲就把她关到地下室,但她根本不肯道歉,而是用刺耳的嗓音唱起了军歌,企图让他们放她出去。连安如都受不了那不可理喻的歌声。

苏苏不一样,一旦她觉得自己做错事了,就会马上道歉。安努诗卡从来不愿意承认自己有错,只会大声嚷嚷,或者泪眼婆娑。茹若娜懂得迎合别人。苏苏——扬卡默默地观察着她:她小口小口地咬着食物,细细地咀嚼,极为克制。不可思议的是,她只在没有第三者在场的情况下才允许扬卡唤她的乳名。不能用"你"称呼对方,也不许叫她乳名。如果有第三者在场,扬卡一定会叫苏苏"茹若娜",而茹若娜也称呼她"母亲"。安努诗卡对所有人都称"你",连对长老都是如此,因此还被打了手心。父亲总是揍她,每当挨揍时,她就尖叫着撅起屁股,嘴里骂骂咧咧的,直到喘不上气来为止。安努诗卡!也许今天又能见到她了。

"妈妈,你知道吗,我一直用来练习阅读的那本《匈牙利历史图册》不见了!"茹若娜用塞在骨圈①里的餐巾擦着嘴说道。

扬卡很平静。几个月前她发现书开始慢慢消失了,但她不敢跟任何人说。这座房子里,不论出了什么事,不是她的责任就是高蒂大娘的。不值得为了一本或者二十本,甚至一百本书,搅扰了她们委身的这座宅子中片刻的宁静。拉斯洛有时会变得很可怕,让人觉得恐惧和陌生。这些书消失就消失了吧,会有人把它们找出来的。但,恰好是这本,《匈牙利历史图册》!仿佛扬卡的身体中关于安努诗卡和茹若娜的记忆同时苏醒了过来。

安努诗卡两岁那会儿看到图片时总是异常兴奋,她喜欢撕书,要不就是把书页揉成一团,又或者旁若无人地大吵大闹。宅子里没有绘本,扬卡就让妹妹看伯莱姆②的书和《匈牙利历史图册》。安努诗卡尖叫着用她

---

① 用来将餐巾固定成一定形状的餐桌艺术品。
② 阿尔弗雷德·伯莱姆(1829—1884),德国自然学家、动物学家。

的小拳头去砸一张图片：那是一张鲁伯特·卡罗伊①特别严肃的画像，他的额头上戴着百合花冠。爸爸在看书，安努诗卡靠在扬卡的怀里摆动小腿，在她左摇右晃地问了第二十遍"这是什么"时，他烦躁地抬起头看着她。"安如·卡罗伊，"扬卡也是第二十次耐心地回答道，"一三〇八至一三四二年在位。""这是什么？"安努诗卡又问道，就好像之前什么都没听到似的。这时，爸爸突然跳起来，合上报纸大喊道："你是聋了吗？安如！"爸爸的发音很标准，不像扬卡似的，把"安如"念成"安由"。安努诗卡毫不在意地安静了一小会儿，接着就把她那胖胖的小胳膊伸向正从爸爸打开的门缝里走进来的约厄·米哈伊。他在壁炉前打开了一捆芳香扑鼻的槐木柴火；她用尽全力对他大喊一声："安如！"

苏苏在用这本书练习阅读。她们俩在一起时，茹若娜总是偷偷往前翻页，轻轻抚摸着安如·卡罗伊的百合花冠，那时她们总会互相亲吻、说笑，就像两个恋人一样，脸上涨得通红。苏苏六岁时就知道，绝不能大声询问安努诗卡的事，实际上，也绝对不允许让她知道安努

---

① 匈牙利国王卡罗伊一世（1288—1342），匈牙利安如王朝的第一位国王。

诗卡依然在世的事实。昆·拉斯洛想让人把那些小猫崽埋了,因为他觉得,反正它们也得不到足够的食物,还得被迫留在一个糟糕的主人家中,对它们太仁慈反而会害了它们。苏苏知道伊莲的孙子把它的孩子们藏到哪儿去了。伊莲的孙子叫齐尔莫什。自从安努诗卡离家出走后,谁都不敢再用教名给小动物起名字了。扬卡当然也是从苏苏那儿知道的,但她们都绝口不提此事。有时在夜里,她听着苏苏躺在床上的喘息声,会微笑起来:她感到了一种甜蜜,这是她俩之间的秘密。当齐尔莫什从阁楼上下来,身后跟着它的五个骨瘦如柴的小猫崽时,苏苏的脸一下子红起来,接着又变得煞白,扬卡全看在眼里,她的心在围裙下怦怦直跳。

然而,那些书……他们本可以拿别的书,却偏偏挑了这本……扬卡把衣服里的水拧干,甩到晾衣架上。她需要踮起脚尖才能在木杆上把衣服铺平。她听到苏苏的声音时,差点把整根木杆儿拽下来:"你觉得呢?这也是阿尔巴德舅舅拿走的吗?"

扬卡慢慢转过身来,在布满破洞的围裙上擦了擦手。茹若娜放松地看着她,她提的这个问题显然并未经过考虑,就像在问还有多久才能吃午饭一样。扬卡无言地看着这孩子。这种时候,一个母亲该如何回答?孤儿是她们家领养的孩子,对苏苏来说,他就是自己的舅舅。扬卡即便知道他从小就是个告密者,也不会这么说他……苏苏跪在大桶旁,拿着木勺在醋水中搅拌起来。也许还不能跟她解释什么,至少今天不能,或者过一阵子吧,等下次她再想起来的时候。到那时,扬卡还能调查一下,或者去问问他。但扬卡很清楚,自己根本不敢去问孤儿这种事,也不会去做什么调查。

"高蒂大娘说,他把书都拿到旧货市场去了,"苏苏蹲在木桶边说,"罗西卡大娘每周三把东西送出去。"

扬卡让苏苏坐在方凳上,要给她弄点吃的。她切下面包的硬皮,苏苏不喜欢吃,她只爱吃面包芯。要是没人看到,她也就不用再把硬皮盖回去了。扬卡啃起窄窄的浅色面包皮来。罗西卡大娘出身贫寒,父亲很喜欢她,她和高蒂大娘是姐妹。她也像安如一样,住在无花果园里,但她不是个无神论者,而是虔诚的教徒。罗西卡大娘习惯把这儿剩下的东西拿走,比如面包皮啦,剩饭剩菜啦,她每周二都会推辆小木车过来。周三是旧货日。为什么高蒂大娘从来没跟她说过这事儿?如果高蒂大娘无意中提到孤儿干了什么事,她肯定会特别感激的。这事,她也不敢跟孤儿提。究竟那把银勺,苏苏很小的时候用过的那把属于安努诗卡的小勺子,是不是也通过每周二的这个渠道流失出去了?要是她敢用钱去换回这些东西,罗西卡大娘会把它们都拿回来吗?那把小勺子非常昂贵，安努诗卡长牙的时候，总咬着它。她非常喜欢这把小勺子，如果有人企图往她的嘴里塞其他东西，她就会把食物吐到那人脸上。

扬卡把熨衣垫放在厨房的桌子上，苏苏帮她把床单摊平到垫子上，又从厨房的柜子底下取出电熨斗。每次扬卡打开纸盒的盖子看到熨斗闪闪发亮的镍质表面时，她总是不免动容万分。这是她从拉斯洛那里收到的第一份也是唯一的一份礼物；到去年圣诞，就满六年了。她按下开关，开始给苏苏熨衣服。

茹若娜不再说什么，但那句关于孤儿偷东西的话，依然悬在半空中，扬卡觉得不安，她这样懦弱地闭口不谈，似乎是一种默认。这样就再糟糕不过了，她从来不敢对任何事情说对或错，大家都觉得她没什么头脑。然而，只要她愿意，她也会解释——只是，母亲从不允许她回应，而等到可以回应的时候，又都太迟了。父亲觉得她是个蠢货，拉斯洛觉得她很笨拙，再加上还有个伶牙俐齿的安努诗卡和她作对比。苏苏现在该觉得孤儿是个小偷了，即便如此，扬卡也不敢说他的不是。

孤儿来大宅快二十年了，上次她从走廊柜子底下翻出来的那顶草帽正是当年爸爸从汽车里把他抱出来，带到餐厅里跟大家见面时戴在脑袋上的。那时的阿尔巴德脚上穿着一双又大又重的鞋子，身上套一件黑背心和一条蓝裤子，头上戴着顶宽檐黑草帽。安努诗卡看了他一会儿，还围着他转，就像观察小动物一样。那会儿，她们正在等他，她们知道他要来，叔叔的遗孀吉塞拉婶婶跳了蒂萨河，父亲就把他们留下的孩子带了回来。"只是暂时的！"高尔·安道尔说，他在他们家度过了生命的最后一年。那年，安努诗卡九岁，她已经快二十了，阿尔巴德只有五岁。父亲让她代替阿尔巴德刚失去的母亲，她什么都没想，立马为阿尔巴德的餐食忙碌起来。安努诗卡坐回她写字的小桌子边，也不说话。阿尔巴德吃光了黄灿灿的炸面团——她还记得，那天阳光很烈；有意思的是，扬卡自己感觉，一点都不好吃，却总能记得每道餐食的名字。接着，她离开阿尔巴德，朝安努诗卡走去。安努诗卡没注意她，正在写字。阿尔巴德从她那儿拿了本书，里面没有图片，他便扔到一边。她捡起来，掸了掸书上的灰。阿尔巴德又把手伸向铅笔，安努诗卡的目光立马追着他的手，因为铅笔是她的宝贝，谁都不能随便碰她的笔盒。阿尔巴德想打开笔盒，安努诗卡在他手上打了一下。阿尔巴德大叫起来，父亲冲了进来，安努诗卡挨了一巴掌，父亲说，这一巴掌是为了惩罚她不该嫉妒别人，还使坏心眼，她应该把自己所有的铅笔都送给这个小孤儿。阿尔巴德停下来，瞪着满含泪水的圆眼睛等着送上门的笔盒。安努诗卡把铅笔往怀里使劲搂了搂,说:"不行。哦,这是什么世道啊!"父亲掰开她的手时,她又踢又挠地反抗着。她反抗得太激烈,没能躲过第二个巴掌。晚饭吃得静悄悄的,安努诗卡被罚只能在厨房里吃晚餐,孤儿却坐在安努诗卡的座位上狼吞虎咽,吃得一片狼藉。他嚼食物时还会发出声音,父亲轻声地提醒扬卡,以后应该帮他纠正一下这个习惯。晚上他和她们一起睡在大卧室里,安努诗卡和扬卡睡大床,孤儿睡在贵妃榻上。夜里,阿尔巴德把铅笔塞在贵妃榻底下,安努诗卡一点也不愿意做祷告,她一翻身趴在床上,把脸埋进了枕头里。

扬卡满足地确认自己第一个发现了阿尔巴德小偷小摸的习惯。他并不是一直这样的,上帝保佑!只有在讨要不成或是用甜言蜜语哄骗不到的情况下,他才会直接拿走。好几次,他正想打开罐头时家里突然来了客人,他只能尴尬地躲在食品间里!他就站在那扇敞开着通风的窗子前的方凳子上,想从最上层的架子上拿核桃酒或是水果罐头。她应该是那时才发现,装白酒的瓶子是空的,第一排的罐头大概因为他够不着,安然无恙,但后面架子上排列着的罐子和坛子也都空空如也了。阿尔巴德想要什么,她就给他什么,这样方便得多。她觉得这样可以拯救他扭曲的灵魂。她估计父亲采取的也是这种策略。父亲意识到谁都不要阿尔巴德时,就应该把他送去教会孤儿院；但如果把阿尔巴德送去那儿，无疑是给教会输送变质的血液。于是父亲就欣然接过了阿尔巴德这副重担，没有留下任何书面记录。在她和安努诗卡还穿着脏兮兮的鞋子时，阿尔巴德却能得到一双崭新的。"孤儿。"父亲低沉地说道，无须任何解释。"孤儿"曾经是一剂万灵药，不论他打破了窗子，还是说了谎被揭发，又或是拉丁语考试没及格，这剂万灵药都屡试不爽。可怜的小孤儿。揍阿尔巴德？揍一个孤儿？这名字已经和他融为一体了，安努诗卡从不叫他的真名，就连扬卡这个不喜欢给人起外号的人，也在背后这么叫他："孤儿"。

丧服很难熨平，一团浓重的黑色湿气从热气腾腾的布料上腾空而起，直往她鼻子里钻。苏苏向后退了退，她觉得这股气味会损伤肺功能。时间过得飞快，该准备午餐了。幸运的是，这样的日子不适宜大吃大喝，否则她就来不及做了。她要做菜花汤和酸土豆，剥些洋葱，没有新鲜肉了。外婆肯定会取笑她的，但她有什么办法，周六才杀猪，那会儿才能去肉摊前排队买肉。

可怜的外婆，她真的没给任何人添麻烦，但对她们来说，她就是个陌生人。扬卡一辈子都害怕陌生的人和事。晚上外婆要睡在高蒂大娘的折叠床上，这让她觉得很害羞——但没有别的地方了！如此一来，可能就会有人来找她聊天,在她身边来来去去;自从外婆昨天晚上到了以后,她们只说了两句话,她宁愿只跟拉斯洛说话。拉斯洛总是知道该干什么。安努诗卡也是,尽管安努诗卡肯定不会跟外婆说话。"这是什么外婆啊?"十岁的安努诗卡大声朝扬卡的耳朵喊道,"她给外孙女儿们寄不一样的礼物,连爱尔兰人都不如,我们把钱寄给她,但是不要感谢她。"但也许茹若娜也知道。苏苏想去院子里。扬卡调整了一下围裙的系带,往她怀里塞了个娃娃。苏苏慢慢向外走去,她在厨房的门槛边停下脚步。

"今天是星期三,"苏苏说,"如果你同意的话,我就把小猪打碎,取出里面的钱,等葬礼结束后,我们去罗西卡大娘那儿把书买回来。"

扬卡面朝丧服冒出的热气顿了一下。苏苏的脸一下子老成起来,写满了智慧和懂事的神情。是的,是的,苏苏的眼睛在说,我们俩怎么能下车,在这样的日子里去旧货市场呢。她朝妈妈走来,亲了亲她。扬卡把她搂进怀里,闻着她身上温热的香味。"不要害怕,要有信念!"这是拉斯洛曾经在一个女性俱乐部的茶会上对她说的,当时她就完全被他迷住了,发誓要嫁他为妇。"我就是道路,是真理,也是生活……"

苏苏走到院子里,她透过窗子听到远处传来女人的声音,那是外曾祖母在说话。扬卡拔掉熨斗的电源,非常烫手。奇怪的是,她记得那句话,但其中的每一个单词都没有意义。什么叫"道路、真理和生活"?父亲可能会解释,但她也无法理解父亲的解释。拉斯洛也会,但他一定会像在大学里的那次一样,对她说:"不要害怕,要有信念。"从出生开始,她就非常害怕,一直生活在恐惧中,似乎有个怪物一直在盯着她。她的一生都充满恐惧,只有当她站在安努诗卡身边时,这样的感觉才会消失。她应该相信上帝,但父亲的上帝跟父亲一样,而她也害怕父亲,拉斯洛的上帝也和拉斯洛一样,她同样也畏惧拉斯洛。阿尔巴德偷了历史书,罗西卡大娘在旧货市场上变卖了他们家的藏书,这些都应该让茹若娜去发现。安努诗卡的银勺子去哪儿了?"不要害怕,要有信念。"怎么可能不害怕,她到死都会害怕。苏苏,也许苏苏才是"道路和真理"?因为她唯一不害怕的只有苏苏,而她也只信任苏苏。

第四章

茹若娜和老夫人的窃窃私语声穿过敞开的露台门传入孤儿的耳中;他一点都不想听。他决定在午饭前不跟任何人谈论安努诗卡。因为眼下这没什么意义。午餐时,爸爸会从他与世隔绝的小房间里出来,那个红脸的蠢货也会从委员会回来。他究竟又在琢磨什么?一会儿,要是他知道安努诗卡也会来,肯定惊讶得连下巴都要掉下来了。这个家里没人懂心理学。每个家庭成员,包括老夫人和那个浪荡女,须要保持什么样的心情才算表现得体呢?他们一致认为一切令人羞耻、不安的元素必须远离葬礼。昨天外婆的到来已经引起了轩然大波。父亲一直紧张地咬自己的胡子。

这应该是一场温馨的小型葬礼,不过可千万别拖得太久。他五点要出席一个党员会议。如果老塔卡罗·纳吉身上还留存着些许体面,克制住在葬礼上发表长篇大论的冲动,他就能准时出席。不能过于颂扬母亲,但在棺材边说死者的坏话也不太合适。

孤儿在这所房子里住了二十年，他熟悉适用于各种情形的祈祷词结构、形式和措辞，可以毫不费力地写出一篇给妈妈的告别辞。塔卡罗·纳吉，这个老蠢货准会在结尾处自我吹嘘一番，说自己是个多么完美的教士，还会被自己的祈祷词感动得一塌糊涂。会议五点开始，也许还有半小时的时间可以跟家里人一起回到告别室，然后他就可以开溜了。其实他并不紧张，现在正是合适的时机。去年之前，他根本不敢想象自己会成为预备党员。书记博佐夫人出了很大的事。但新上任的书记是个不可多得的人才，能让人甘愿把心交出来。他打你右脸一巴掌，你会把左脸也凑上去。他一点也不像父亲，父亲生气的时候就像发疯一样。这个萨博·萨博尔齐是个耐心十足的人。多奇怪的名字，不过也许就因为这样，他才如此善解人意吧。萨博·萨博尔齐，老天啊！

做个党员应该不会太难——孤儿思忖着——而且现在正是入党的好机会。这个九月，发生了好几件意义重大的事。父亲毁了自己的《圣经》，母亲终于入土为安，安努诗卡回了家，老夫人现了身，而他则入了党。

红脸的蠢货就闭嘴吧。他是个和平教士①,这一切都是他造成的。当然,最有趣的是昆·拉斯洛在认真地思考他做的事。他谈论的和平简直愚蠢至极!这些总被他挂在嘴边的和平到底是个什么东西?

在孤儿的回忆里,没什么能像围城时期他所经历的那样有趣,周遭的一切都耸立在他的头顶,周围的房子在炮火声中开始跳跃。这个秋天,正是纪念围城十周年的时节。扬卡在地下室里双手合十,面前摊着《主祷文》祷告,父亲苍白无力地诵读着《圣经》,昆·拉斯洛像个丑恶的预言者,为街上的公共救济站做起弥撒;高蒂大娘躲在被子里,安如整天在地里劳作;安努诗卡探身站在大门口的拱顶下一动不动,一声不响地盯着外面,仿佛她的生命与外界的噪音紧密相连。而他,则吹着口哨,站在院子中央,或者爬上阁楼,从那儿——这座城市的上空,看着那些大炮是如何发射炮弹的,看着炮弹又是如何循着预先设定的弧形轨迹落下,看着城里着火的地方冒出黑烟。有什么可怕的?这比空袭后他立刻冲出去,把散落在街上的零碎都捡回来还叫人激动!

---

① 20世纪50年代,匈牙利掀起了一股旨在削弱宗教影响力的运动。匈牙利政府通过在长老影响圈以外安插人的方式,企图瓦解教会的社会影响力,这些被安插进去的人,就被称为"和平教士"。

他还走进着火的商店，搜刮凌乱的货架，我的老天爷啊！"这孩子有一颗纯净的心灵！"父亲说。也许曾经是这样，但现在还是吗？他从没像这几周这么自在过，他可以肆无忌惮地搜刮财物。俄国人进城时，只有愚蠢的扬卡在自己身上大费了一番周章。那两人，扬卡用一块老女人才会用的头巾把头发扎了起来，还用煤灰把脸抹得黢黑。高蒂大娘呢，把自己所有的衣服都穿在身上，就为了不被士兵偷走！不，战争是件很有意思的事！他从没这么高兴过。昆·拉斯洛在某个围城的夜晚亲手用油画颜料在大门上画上大写的"A"和"Ω"后，情况是否有什么改变？他想让安努诗卡去画，但安努诗卡对他破口大骂，还把画笔朝他脸上扔去。这座房子，就像是《圣经》里被天使逾越的埃及房子①。要不是他早上出门前在昆·拉斯洛的涂鸦边画了一个硕大的十字架，也许他们就要付出惨重的代价了。每个人都表

---

① 很久以前，耶和华的子民在埃及做奴隶。当时，耶和华吩咐他们："每家要杀一只羊羔，然后拿一些羊血，涂在房子的门柱上。大家要留在家里吃羊羔的肉。"以色列人都照着耶和华的话去做。那天晚上，上帝的天使走遍埃及全地，杀死埃及人家里生的孩子。但天使看见哪一家的门柱上有羊羔的血，就越过那所房子，不杀那家里头生的孩子。耶和华希望他的子民以色列人记住他是怎样拯救他们的。他要自己的子民每年都要像今天晚上一样，吃烤羊肉、几块饼和红酒做晚餐。这就是逾越节的晚餐。因为上帝的天使在那天晚上"逾越"涂上了羊血的房子。(《出埃及记》12：1~13，24~27，31)

现得如此愚蠢，简直令人咋舌！爸爸就像个演员，穿上全套的教士礼服见俄国人，礼帽下藏着他波浪似的灰头发，一手拿着《圣经》，另一只手上，没人知道为什么，他还拿着一个侍奉圣餐的水壶。那些俄国人，这些高贵的灵魂，把上帝的葡萄酒喝得一滴不剩，不过他们并不需要那水壶。

不，实际上不应该总是叫嚣和平，战争也并不那么糟糕，他总是开怀大笑。此外，他们对他无可指摘。那时候要不是他维持着整个家，通货膨胀的那段时间所有人都得挨饿。犹太人老崔科尔从塔尔巴被带走前将塞得满满当当的小木盒托付给了他。幸好崔科尔被烧死了，如果他回来向他讨回这个木盒，一定会不高兴的。而且，一个犹太人要那么些珠宝干什么。

他受够了教书。到处都在宣扬和平，还是换个环境吧。苏菲说没戏，这事儿被搁置了，如果能在区里找到人，肯定就没问题了。红脸的蠢货在那儿还是很有威望的。最终，昆·拉斯洛还算起了作用，他们鞍前马后地给他拍照片也没白费功夫。当然，如果制度变了，他的追随者们定会要了他的命，但这是他自找的，谁让他那么蠢，自己往谎言的火坑里跳。一个人只有善于从外部观察事物并学会发现事物的幽默之处，才可能成为一名党员。只因为信仰就可以不用交党费？天大的笑话。

苏菲说，须要先了解一下他的个人经历。主要是思想上的，最好做好充分的准备，全面考虑一下细节，因为人永远不知道会在谁那儿出现什么状况，别人会向他提什么问题。是的，他们向他提问。其实苏菲是个最不可靠的无产阶级者，她出生在纳吉·拉约什，也就是后来的拜洛伊翁尼斯①，像条小狗似的总跟在他身后，他说的一切都是对的、好的。就算孤儿也不会像她表现的那样，每当他向她讲述失去母亲的童年时，苏菲的眼里都会落下大颗大颗的泪珠。

他还需要母亲！就像爸爸说的那样，上帝不只关心花田里的百合，也在关照着她。母亲，愿上帝保佑她安息，当她坐的渡船在蒂萨河上行驶时，她表现出了自己最端庄的一面。否则直到今天，她都会被困在艾迈奇，然后像其他农民那样，一辈子被埋没在沙土之中。天知道，她是在哪儿读的书？妈妈基本不会正常地读写。而且，她也根本算不上是个称职的母亲。她好像知道未来

---

① 此地位于布达佩斯西南方向约50公里处，1950年之前曾是附近伊万乔市的一片农耕地。1950年后，一批在希腊内战后逃往匈牙利的希腊人在此地开展大规模建设，在短时间内建起了希腊式的排屋、幼儿园、学校、图书馆、文化中心、医院和议会办公室。1951年起，此地先后成立了家庭工业合作社、和平农业生产合作社等组织。1952年，此地以希腊共产党运动先驱尼科斯·拜洛伊翁尼斯的名字为城市命名。

有一天，儿子会需要她这样一个半文盲的贫农母亲。他还得跟公证员父亲划清界限。尽管那时父亲已经被折磨了他两年的肺病夺去了生命，穷得就像教堂里的老鼠，但共产党依然认为他是个可疑分子。苏菲说，公证员父亲的这种记录是永远不会被抹去的，所以要把重点集中在他溺水身亡的母亲身上。

孤儿苦笑着回忆起自己的人生。有些人的人生就像是讣告或青少年版的图书。他们小时候，爸爸从不允许他们看原版的经典书，只会把他能弄到的青少年版给他们看。他长大后，充满激情地重新读了一遍那些原版经典小说。把经典小说改写成青少年缩写版的人，简直是在阉割经典，原作者耗费九牛二虎之力才能辨认出自己的作品。改写的作品中包含了全部的故事内容，却完全改变了作品原来的模样，变得贫乏至极：所有的味道都变了。讣告也是此类被阉割的文本，简历亦是如此！

而他的人生却是一篇笔调优美的佳作。他的生父是一名公证员，有着普希金式的情怀，亲近农民，他身上充分展现了与劳动人民之间的亲密关系，就连婚姻的选择也是如此。他从卑微的农民中选了柯兹玛·尤莉安娜①为妻。为了确保信息的真实性,他还需要说明,听安如说,在艾迈奇的柯兹玛外公发现他女儿的裙子太短,就用铁耙把公证员打趴在了花园里。上帝保佑柯兹玛外公,据说他还在世,如果他知道他在哪个公社,一定会去看望他。这以后的事儿,每个主席团的成员都清楚,他一辈子都是个孤儿,一直在为自己找寻一个母亲的替代者,而这个母亲,他希望在党组织中寻找。他又笑了起来。因为,如果要他在党和扬卡之间选择,他必定和党站在一起,党除了面包,还能给他黄油,而他已经受够了教书。为什么人们总是奔着文化处或者州委员会的教育部门去?就为了挣得那九百福林的工资,肺都快喊炸了。上帝把他打造成了一个专业的监管员——至少是这样,而且他还能逻辑清晰、绘声绘色地不停说话,记忆力超群,为什么他不能上佩斯,进入媒体或者某个部委工作呢?

孤儿并不担心。他能得到每个人的信任,也同样赢得了教师工会主席苏菲,这个从不轻易相信别人,冬日里穿着黑色丝袜,像只母鸡一样毫无幽默感的女人的信任。唯独有一点让他很紧张,是刚从佩斯毕业的乔巴伊

---

① 指孤儿阿尔巴德的生母,前文扬卡称她为吉塞拉婶婶原因未知。

开始抛出一些疑问。其他大部分的教工、老师都是本地人，要不就是在这里生活多年，他们大多不会为难他；大家都很清楚，他妈妈疯了，爸爸连只苍蝇都没打过，而昆·拉斯洛也是市里党组织最重要的成员。他畏惧乔巴伊，这人目光冷峻，是个喜欢到处探听消息的佩斯人，对他来说一切都是新鲜的。不过，无所谓，只要顺着他就行了。除此之外，一切正常：四十人的教师工会里有十一人是党员，其中五个人虽然跟他很熟，还是分别找他谈了话，特别要求他不要因为自己入了党，就对他们另眼相看。这五人之前是社会民主党的，后来被并入共产党，乔巴伊以前属于小农阶级。还有一个人的岳父出了大问题。苏菲，纳吉·拉约什区的苏菲是他们之中唯一把这种蠢事当真的人。还有圣人萨博·萨博尔齐，在战争中被炮弹的气波击中，他的妻子是个犹太人。不过，这没什么问题，其他人很乐意看到他成为他们中的一员，只是乔巴伊千万别搞砸了，否则就难堪了。作为预备党员的时间过得飞快，这期间他参加了各种学习。预备党员和正式党员几乎没什么差别。

可怜的苏菲并不知道他真正的计划。他正暗中谋划着娶她为妻。疯子才不这么想呢！他小心翼翼地实施着这个计划。苏菲绝不会责怪他的，他对每个人都很亲热，在苏菲那儿他只做两件事：抱怨和讨教。每次苏菲都会觉得有些飘飘然。不,他已经不再年轻,有些错不能再犯。不能犯"有违伦理道德"的错,所以他并没有和苏菲开展这段关系,而且也不能吻她——幸好她对他的吸引力还不算太大。上帝作证,她长了一张宽阔的农民脸庞——哦。他研究过新文学是如何想象进步知识分子的。真正的正能量英雄总是优秀、英勇的,他们无欲无求,却肩扛重任,勇于奉献自己,无私爱国。最重要的是,他们还是道德的楷模。

乔巴伊可能会问,他和自己的家庭是什么关系。他准备把昆·拉斯洛搬出来,他是个适宜的家庭成员。昆·拉斯洛年过四十五,在安努诗卡离开后不久被提拔上来,因为国家需要他。宪法保障每个公民的精神自由,昆·拉斯洛便立刻着手开始为政教利益分离铺平道路。

昆·拉斯洛是国内第一批和平教士,在他的第一次大型布道后,收到了三十九封信,有些骂他是流氓,有些告诉他,风水轮流转,总有他倒霉的时候。仁慈的上帝啊,人们在这个国家里,究竟该如何自处!如果真是这样,那么无论如何他都会暂时跟家庭撇清一切关系。但若是一切又风平浪静,那么他还是会回归家庭,因为他很想知道他的家人究竟会怎样。按照匈牙利人散漫的习性,他们准定会把炮火集中在那个红脸的蠢货身上。

他要是也去葬礼,肯定特别招人烦。

关于爸爸,到时就说他被不幸的环境压垮了,但他也及时从各种麻烦中抽出了身。扬卡不用考虑,她和昆·拉斯洛是一体的。即使他在简历中写了养父的小女儿九年前已经和整个家族脱离了关系,但乔巴伊若是不太愚蠢的话,还是很有可能会问起安努诗卡。他会感觉安努诗卡是因为某种政治原因从家里出逃的。虽然其他教师们都很好奇,但肯定不会提起这件事。哎,天煞的安努诗卡!只有乔巴伊上窜下跳,还要向他解释安努诗卡。嗯,真相是肯定不能说的,真相本身往往都是未经加工,不成形的,需要像作曲一样,提前编排好。安努诗卡之所以从父母的大宅离家出走,是因为她的世界观无法融入大宅的氛围。事实也差不多如此,他可以对此发誓,连圣人扬卡都可以作证。安努诗卡,他不知道她的地址,因为爸爸禁止与她有任何接触,不过他知道,她在一九四五年时与工人运动组织牵上了线。为了能够集中精力搞创作,她搬到了佩斯。乔巴伊不会正好认识她吧?那就坏事了。不过无所谓了,反正他也明白,要是有坏分子把她带上歧途,那他也管不了——多可怜的孤儿啊。安努诗卡一直是个十足的民主主义者,执政党喜欢这样的人;苏菲肯定中意她,因为安努诗卡也跟苏菲一样,对底层人民怀有同样的热爱——如果她懂得爱别人的话，那么她也一定爱那个老小子安如。

当然，这也就是为什么当他告诉爸爸他入党的那一刻，注定不会成为一个令人振奋的时刻。爸爸年纪越大，越坚守原则，也越讨厌执政党。以后怎么也得跟他解释一下，他什么都能说得清楚。如果他因为没有道歉而伤害了爸爸敏感的内心，那就……

只要他一直住在教士的宅邸中，就无法维持这种生活方式。如果他成功离开学校，再找一份更有意义的工作，那么他就可以自己搬出去，像萨博·萨博尔齐那样拥有一套自己的公寓。这里呢，不能带女人回来，绝对不能，连客人都不能邀请，只能在城里跟朋友见面；特别是当他成为预备党员后，这所房子里的两条阵线势必无法和平相处。首先要成为党员，其次是钱，然后是地位、新的公寓、上帝的青睐和自己的大宅，他要离开这个是非之地。所幸，红脸蠢货和爸爸都是虔诚的教徒，因为宗教信仰克制着他们不可告人的欲望。假如他们的信仰不够虔诚，两人势必自相残杀。目前来看，昆·拉斯洛比较强势，他不顾爸爸的坚决反对，跟和平运动扯上了关系。爸爸完整地听完昆·拉斯洛的第一次布道后，飞也似的冲出教堂。这是一桩惊天丑闻，所以爸爸才提出退休。昆·拉斯洛倒是在大宅里春风得意起来，礼拜堂每周都宣传克托尔曼每天从老作坊来教堂的事。

当然,爸爸住在自己的书房里,而礼拜堂早就成了办公室。

该怎么告诉爸爸呢?一定会找到适合的方式。好在安努诗卡不在家,扬卡从不发表不同意见,昆·拉斯洛觉得自己的地位仅次于长老,所以现在连家务事都要插手。安努诗卡一定会给他脸色看,对他不客气的。

安努诗卡……要说安努诗卡是因为政治立场问题离开大宅的,他也觉得挺可笑的。这部分需要谨慎地加工,每一个词都有分量,不能让他们觉得这座房子里的气氛压抑得要命。无论如何,他都应该感谢教士把他抚养成人,为他花钱读书。更令人欣慰的是,爸爸是个正直的人,尽管他并不开心,他和安努诗卡之间不是因为女儿支持工人运动才闹的矛盾,而是因为这姑娘不是个虔诚的教徒。这样也好,因为他是个教士,谁也没说他不能是个信徒——老师们都信教。连苏菲也是,她骑自行车去隔壁的孔德什村领圣餐——甚至如果爸爸不是个虔诚的信徒,她也许还会生出些敌意来。而安努诗卡却是个无神论者,对她来说这些都无所谓,他们觉得她就是个野孩子。

当然,他们要是问很多这类问题倒是无伤大雅,这一天已经够难熬的了,先是葬礼,再是党代会。苏菲曾问过他希望党领导班子开会时把党代会定在哪天,他们商量后决定定在今天，可他怎么知道妈妈会在近期去世。不过，这也无所谓，会挺过去的。

虽然安努诗卡给大家带来了压力，但他始终觉得葬礼应该挺有意思的。这姑娘是哪年逃走的？一九四五年春天，那时火车刚刚开通。是的，现在他能清楚地记得，她是周五清晨天快亮了的时候离开的；爸爸习惯在周五写周日的布道词，那天他没写成。她引起的这场骚乱让人摸不着头脑。爸爸就应该在前一天狠狠地揍她一顿，才不至于像现在这般追悔莫及，他怎么也想不到会是这样。随便是谁都能把安努诗卡身上的每一根骨头都打断，但即便如此，一个成年的健壮男人怎么可能真的去打一个二十岁的姑娘呢。

在学校里，孤儿的声音和性格都给人留下了完美的印象，他从不碰孩子一根手指头。课间时，他会搂起两个最淘气的孩子的胳膊，把这两个打架的孩子带在身边，陪他们散步；看见他们的人都会赞叹：多美妙的画面啊！这是个一心追求事业的热心肠的青年教师。当然，打人的依然屡教不改，他也愿意陪他们散步，总是和蔼可亲，像个年轻的母亲。没有哪个孩子不喜欢他，家长们也愿意为他赴汤蹈火。这是一个神经系统的问题，如果一个人足够坚韧、有耐心，他就能控制住一整个班级。这多么感人——孤儿愉悦地想着——就是耶稣跟孩子们在一起,他也会说"来我身边吧……"爸爸为了他的前途考虑,给他报了师范学校,这真是典型的爸爸的作风。不过没关系,他都忍了这么久了,现在他还不满二十五岁,美好的生活才刚开始。爸爸又把那本《约伯记》翻了出来,通常他只会在家里发生重大变故时才用到这本书。他的耐心已消磨殆尽,很快就要离开了。

要是能知道安努诗卡的情况就好了。她离开的第三年,家里第一次得到她的消息,是弗兰切斯卡姑姑从佩斯带来的。她在一家餐厅里看见她和一位男士一起分享盘子里的煎鹅肝。直到今天他都无法理解,为什么昆·拉斯洛不让爸爸去佩斯找她。爸爸暴跳如雷,当时就想冲去首都,不过后来被红脸的蠢货给劝了下来。他第二次又生出这个念头时,昆·拉斯洛命令道:"不行!"而他也从不解释为什么"不行"。"让她的灵魂遭受烈火的炙烤……"他们把安努诗卡交给了命运。鬼知道她是怎么从艺术大学毕业的,如果她真的毕业了。弗兰切斯卡姑姑总说她堕落了,不过她基本上对每个人都这么评价。可能扬卡知道些安努诗卡的事,但她没胆量说。安如是肯定知道她在哪儿,在做些什么,但谁会去问安如呢。感谢上帝,那时他已经不住在大宅里了。而且,孤儿根本不在乎安努诗卡,她是个特别讨人嫌的孩子,张牙舞爪,一逮着机会就羞辱他。每当他觉得一切都有了头绪,设计图中的每一个细节都处理得妥妥帖帖的时候,安努诗卡只消眼神一瞥,就能让所有人都发现他艺术设计中的薄弱点。也只有爸爸才会对他的作品表现得比较宽容,让人觉得似乎还不算太糟。上帝会惩罚她的!为什么她总觉得这儿不好,她又不是男人,只是个女人,要是换成其他教士,不论是谁,都不会想成为画家!简直是胡扯!他总有一种感觉,这个家里只有安努诗卡是勇敢的,只有安努诗卡不会走上歧路?去他的安努诗卡,他总会想起她,不过现在他还要参加党代会呢。

当然,安努诗卡经常浮现在他的脑海里也没什么可奇怪的。九年是一段漫长的时间。如果她内心尚留存一丝尊严,就不会出现在大宅里;她要是真的来了,大家该怎么办?到时候,闷闷不乐的扬卡又该如坐针毡了。事实上,他喜欢扬卡,如果再仔细想想,他也想娶一个像她这样的妻子。不是说这样的外貌,而是像扬卡这样手脚粗糙、平淡如水,二十年来一直平和而不带半点色彩地过日子的人。但她懂得倾听和服从,昆·拉斯洛在她身上看到的,也准是这些特质。这个好女人从不顶嘴,对她来说什么都无所谓。实际上昆·拉斯洛还很快活,至少家里没人会惹他生气。扬卡是个好女人,她总是每个月的第一天就把欠他的五十福林还给他。最晚不会超过十五日。她是一本正经地在还钱。

他在说什么呢，葬礼后为什么要离开？如果安努诗卡就这么回家来了，他就更难以释怀了。这时，他第一次意识到安努诗卡最终还是会回来的。他努力让自己别这么想。爸爸不会就这么接受她回来，昆·拉斯洛也不会。昆·拉斯洛会说这是书记的要求，他也不知道为什么。这就是父亲之前总是被堵得哑口无言的唯一原因，每次他的嘴里总会不停地念着《圣经》里的诅咒。父亲相信，萨博·萨博尔齐在妈妈葬礼的当天还对他做出指示。他有些窃喜，这是党对父亲的又一次不敬。不，今天他就算不去参加党代会，也会想逃跑，他真的一句话都不想跟安努诗卡说，也不想回答她关于书的去向问题。

每次提起书或者画的事儿，就让安努诗卡抓狂。要是他说"自己完全不知书的去向"还不能令人信服，那么他就说是扬卡弄丢了这些书；安努诗卡的书没有跟其他书一起摆在图书室的书架上，而是单独放在一个带搁板的箱子里，那箱子是安如用搭鸡窝剩下的材料做的。安努诗卡和崔科尔·艾娃一起用油画颜料把箱子涂成了绿色。后来，就是这批书，原本他并不想卖——但是它们卖的价格却最高。难以相信，有人会为了一本重版的《瑞典艺术图集》花这么多钱。

　　傻瓜安努诗卡，当他在用一本本书换钱时，她还在辛苦地搞创作。多少个下午，他见她放着作业不做，和安如两人猫在小棚屋里拿着锤子做箱子、手绢盒和文件盒，安如负责切割、黏合，她负责绘图和上漆，或者一起扎刷子。他们做了很多这样的东西，也赚了一些钱。要是爸爸知道安努诗卡的礼服是用卖刷子的钱换来的，或者那把镶着贝母、扬卡总用来给茹若娜梳头的软刷子也是安努诗卡在安如的帮助下做的，会怎么想。他不知道，否则他可能连鞋子都不愿意刷，外套都不愿清理了：这座房子里所有的刷子都是安努诗卡和安如一起做的。安如以前是个刷子工人，虽然这不算体面，安努诗卡却从这个老疯子那儿学到了所有的技术，她学雕刻，学扎刷子，也学会了骂骂咧咧。除了他以外，到底有没有其他人知道，安如每周三都叼着烟斗，吞云吐雾地在旧货市场卖他俩做的东西？他记得弗兰切斯卡姑姑有一回在安如那儿买了一个他们一起做的针线盒，和他吵了起来，因为她嫌他卖得太贵了。安如朝她啐了口口水，要赶她走。弗兰切斯卡姑姑说，她也不想为了这个盒子跑回来一趟，但是她跟孤儿保证过，这是个非常漂亮、便宜的盒子。爸爸不停地摇头，他也就是在那时，对安如说：在旧货市场卖货，并不是上帝乐见之事。他还想起爸爸说过，安如并不那么在意这些事，这都是安努诗卡的主意，为了买书和画。但后来安努诗卡也不敢提了，因为她怕安如打她。老畜生，他算个什么东西，哪天落在我手里，看我饶不了你。

扬卡绝不会知道书的下落，她也从不注意这些事，否则容易神经紧张，一直疑惑书去了哪儿。若是有人问他，他会说，据他所知，应该是安如拿走了。大家应该去无花果园找找。当然如果不用这么说就更好了，因为安如被赶走的时候就像举办了一场盛大的典礼，所有人都不会忘记他提着那些被安努诗卡的五十九本书和巨大画册塞得满满当当的口袋，被扫地出门的画面。随他去吧。曾经有过，现在没了。扬卡这个家庭妇女，应该对她和盘托出的。不过安努诗卡不会从中搞鬼吧？她总是因为书的事情抓狂，从小就这样。

之前，学校要把四十个三年级的学生分到其他班里。今天上午，他们十个十个地被安排到别的班级。早晨，学校告诉学生，今天马特老师的妈妈要下葬，博瑞尼·汤玛士，蓝眼睛的博瑞尼课间时挨个向他的那些惊讶得目瞪口呆、在陌生班级里窃窃私语的同班同学们筹钱买花。他手里拿着帽子，眼看着十菲列源源不断地落进帽子里。家长工作委员会用上了博瑞尼·汤玛士募集来的钱，老师们也送去了花束。下午的时候，妈妈的灵枢旁会多出两束花。博瑞尼·汤玛士这孩子多聪明啊！越观察就越能发现，坐在第一排的他，不管是样貌还是举止言谈都像极了他妈妈。同样的灰蓝色眼睛，瘦削的身材，金红色的头发，涂得稍显夸张的嘴唇。他不是个漂亮的孩子——艾娃也不漂亮——但非常聪明，跟艾娃一样聪明。实际上，崔科尔大叔也是这样。艾娃在州党委工作，她很有可能不会出席葬礼，一个高级的党内干部真的不适合参加这种去世的教士夫人的葬礼，更别说老塔卡罗·纳吉还要在葬礼上宣扬重生和永世。她和安努诗卡最好还是别见面了，这两人曾经关系很好。一九四三年底，艾娃也从城里消失了，崔科尔大叔对她的住址含糊其辞。他想了解关于她们的事，想知道崔科尔会用自己的珠宝干什么。所以，他没法摆脱这种一无所知的不适感，仍然试图以某种方式在他们身上寻找答案。艾娃在不确定的情况下，绝口不提安努诗卡。她碰见扬卡时会跟她聊天，也会真心诚意地问候爸爸——不，不，所以她和安努诗卡还是不要见面的好，也就不会因为提起崔科尔大叔的盒子而产生不快了。

"今天来搅乱思绪的都是些什么破事儿"——他在心里咒骂道——这场葬礼把一切都打乱了。艾娃一九四三年到一九四五年年底之间都不在城里，她怀疑的可能正是盒子的下落。这都是她的想象，就因为艾娃从没在街上碰见过他，也从没在学校看到过他，连给汤玛士注册都是她丈夫，老博瑞尼·波尔蒂大叔的儿子博瑞尼·山多尔去的。哎，如果波尔蒂大叔知道这些活人之间乱七八糟的事，准要从坟墓里跳起来了。快来把招牌画师崔科尔家的姑娘带走吧！孤儿又闻到了一股崔科尔家独有的味道，那股浓浓的，混合着油画颜料、松节油和福尔马林的味道。这股气味让他想起安努诗卡欣喜若狂地迈着两条小短腿在蜿蜒曲折的齐德尔街上飞奔着大喊："耶诺，亲爱的耶诺，开开门！"

有意思的是，爸爸并没有阻止她们的友谊，因为他曾是崔科尔家的受洗神父。扬卡说，崔科尔大叔和崔科尔大婶连着好几周都去听高尔·安道尔的布道，后来有一次，他们还把艾娃也一同带去。礼拜过后，有几个孩子一起接受了洗礼。崔科尔大叔每周日都不会错过教堂活动，每次他都使尽全力唱圣歌，仿佛要把肺唱出来似的。崔科尔大娘对高尔·安道尔的宣讲不怎么感冒，她只在重要节日时才去教堂，比如圣诞节、复活节、圣灵降临节，她会一本正经地去领圣餐，但每次吃圣饼、喝圣酒时，她就像在做一件令上帝极其厌恶的事一样，白皙的圆脸蛋上带着羞怯、哀伤的表情。

艾娃跟安努诗卡同岁，她们一起上学，又是同桌，安努诗卡经常跟孤儿上崔科尔家去玩。扬卡却不，他们若是下午过去，扬卡就送他们去，然后让安如去接。扬卡比艾娃年长，又比崔科尔大叔年轻，而且他很愿意在家里给他们展示些好东西。他们家的房子非常漂亮，孤儿记得崔科尔大婶总是在烤点心，而且能感觉到，基本上每个人都觉得去他们家是件值得骄傲的事。

安努诗卡和崔科尔家结下深厚的友谊，还有别的原因。他们家不允许挂画作，爸爸因为错误地理解了某些清规戒律，只允许在书房里摆放加尔文和慈运理的画像，而其他静物、风景画他是决不能容忍的：他对绘画没有任何感觉，觉得这是一种可疑的异教产物。如果有人用刷子或铅笔把人物的形象留存下来，那么根据上帝的旨意，这个人将会不留痕迹地消逝，这就是他的命运。画作从来不能挂上他们家的墙，当安努诗卡第一次去崔科尔·艾娃家拜访时，她挣开孤儿的手冲了出去，因为她在大门的拱顶下看到了几张干透了的招牌。孤儿至今还记得，那是一块肉店和一块理发店的招牌：第一块招牌上画着一头两条腿站立的猪，盘子里盛着从它自己身上切下来的加工好的肉；另一块画着一位眼神坚定，笑脸盈盈的女士，这位女士有一双蓝色眼眸和一头金色短发。安努诗卡拍着手，就像往常那样，一被什么东西吸引她就大喊大叫起来。艾娃，安静、平和的艾娃看得目瞪口呆，没想到她居然如此兴奋。安努诗卡冲进画室，拉着她刚认识的学徒，助手南迪的手，闻遍了这里的一切，还不停地用手指摸摸装满红铅漆的小杯子。崔科尔大叔从房间里出来，一本正经地向安努诗卡做自我介绍，他说："很高兴认识你，我的名字叫崔科尔·耶诺！"安努诗卡用沾满红铅漆的手摸了摸崔科尔大叔的灰色外套，然后抬起脸吻了他一下。

　　她在崔科尔家很开心。崔科尔大婶总在厨房里忙碌，每隔一段时间，她就会让艾娃帮忙把堆满食物的盘子拿出去，那些盘子很快就被一扫而空，因为大宅里的食物口味寡淡，扬卡做的每一道菜味道都一样，她习惯把房子里的每个人都当作有胃病的病人。崔科尔大娘做的点心，安努诗卡连名字都没听说过，她总把嘴巴塞得鼓鼓囊囊的："你们的生活真幸福！"她叫崔科尔大叔耶诺，他听得眼泪都要笑出来了。有几次崔科尔大叔跪在窗边看见她从街上跑来。安努诗卡跳起来拉门铃的绳子，大叫道："是我，是我，快开门！"

　　神奇的是，自从她进了工作室后就变了，崔科尔大叔向她解释每一支画笔的用处。崔科尔大娘给她们俩系上围裙。艾娃为了照顾安努诗卡的情绪才时不时画上两笔，而安努诗卡却完全醉心于此，全身心地投入创作。孤儿非常讨厌笔筒、木架子，在被喊去吃东西之前，他就跑去艾娃放置游乐设施的后院玩吊环或拍球。等安如来接他们时，两人肚子都撑得圆滚滚的，安努诗卡要不就是在工作室里跟南迪他们一起工作，要不就是四肢着地趴在沙发前读裴多菲。当然，那套樱桃色的金丝绒沙发至今仍摆在沙龙里。贵妃榻边配着一张方凳，安努诗卡把装帧精美的大开本裴多菲集摊开在方凳上。崔科尔大叔那儿没什么书，但他仅有的那些书都是插画本和精装本，安努诗卡在这些堆得老高的书堆里埋头读着《雅诺什勇士》。他们家也有裴多菲的书，但安努诗卡只爱看崔科尔家的，因为这里的是插画本，而且还能看见当扬奇穿越森林，前往游骑兵的驻地时碰见的乌鸦是怎么从动物尸体上挖出眼睛的。这本书里还画着游骑兵，她记得其中一个游骑兵的胡须比别人的都长。孤儿在教授裴多菲诗歌时，脑海中经常浮现出安努诗卡趴在地毯上，嘴里大声朗诵裴多菲诗歌，小小的裙子掀起露出整个屁股的样子；他看见她不像别的小姑娘似的穿白色内裤，而是穿着红色的卡通内裤，那是扬卡做的，因为她实在来不及给安努诗卡洗脏裤子，她总愿意坐在地上，白内裤十五分钟就脏了。

那么，那幅画如果不在家里，就是在崔科尔大叔那儿。它的主体——孤儿想着——当然是崔科尔大叔画的，一张贵妃榻上躺着三头沉默的鹿，大叔还在画时他就看到了。那时，他评判不了这些画的价值，想必都很糟糕。安努诗卡最喜欢卧室的那幅《冬日风景》，一切都是红色的，连雪地都是，因为那时太阳刚刚升起。她喜欢那幅画，崔科尔大叔很宠她，最后，他从墙上把画取下来，塞到她手里："送给你了，拿回家去。"安努诗卡呆住了，接着惊呼起来，吻遍了在场的每一个人。"上帝啊！"崔科尔大娘伤感地说，"这是我家耶诺最好的一幅画啊！"

就因为爸爸一系列顽固的规定，这幅画在她手里还没被捂热，安如就在当天晚上把画送了回去，教士还让女儿为自己的不当行为道歉；当然，爸爸最后还是知道了安努诗卡在崔科尔家的行为，她一直盯着那幅画啧啧称赞，对着崔科尔大叔纠缠不休。就像每次犯错一样，这次她又挨了一顿打。但真正让她挨了一顿毒打的却是一本《圣经》。那是爸爸的一本珍贵的皮面《圣经》，里面夹着一张黑色的丝绸书签，上面缀着珍珠，妈妈用旧体字绣上了"上帝慈爱"。可惜的是，爸爸习惯于在《圣经》中守护着这句箴言，而不是把它当作一篇文章或是装饰品一样挂到墙上。他一辈子都不了解这栋房子，住在这儿的人们从不觉得自己属于这儿，也很少能感受到这栋房子里的爱。

那会儿，她们都长大了些，可能安努诗卡和艾娃都十四岁了——当然，她们那时是中学四年级，他刚刚小学毕业。秋天时，艾娃没和安努诗卡一起升上五年级，而是进了工作室，跟她爸爸做学徒去了。艾娃是二月生的，他们都参加了她的生日下午茶。"上帝啊！"崔科尔大娘叹着气说，"他们为什么来得这么晚？我的奶油都要化了。"艾娃从父亲那儿得到了一本《圣经》。那年的圣灵降临节她要跟安努诗卡一起参加坚信礼①，所以这就算作是坚信礼的礼物。多漂亮的《圣经》！安努诗卡被迷得好一会儿都说不出话来。崔科尔大叔是从哪儿弄到这本书的。那天下午，当他把这本巨大的《圣经》从丝绸盒子里取出来，打开外层的纸膜，摆在艾娃面前时，孤儿一辈子都没见他这么高兴过。它有半张桌子那么大，每隔一页就有一幅插图。可怜的老崔科尔，为了它破费不少。标题页的下一页，也就是全书的第一页上印着蓄着白胡子的上帝，他的披风及地，脚上穿着草鞋，身后的天空中闪耀着无数星辉。书里写满了各种预言、画着所罗门国王和他的教堂、坐在废墟上挠肩膀的约伯，身边带着两条红毛瘦狗。耶稣受难像的文字旁是几个挂在十字架上满面血污的恶棍；一息尚存，面露些微愠色的耶稣耷拉着脑袋，承受着死亡的折磨。

---

① 也称坚振圣事、坚振礼或按手礼，是一种基督教仪式。根据基督教教义，孩子在一个月时受洗礼，十三岁时受坚信礼。孩子只有被施坚信礼后，才能成为教会正式教徒。

安努诗卡盯着这本《圣经》惊呆了。他记得很清楚，崔科尔大叔不停地摸着脖子，艾娃穿着白色水手服，僵直、安静地坐在桌首。基本上，谁都不知道该对这一切，对下午茶、对所有的客人和这本《圣经》说些什么。他，孤儿隐隐地感觉到，也许她并不开心。但随后，她吻了崔科尔大叔一下，吻了他的脸颊，甚至还亲吻了他的手，那时，每个人都被泪水莹润了眼睛，包括崔科尔一家三口和安努诗卡，但这些犹太人总是泪点很低。崔科尔大叔把木盒托付给他时也是唉声叹气地拜托他，如果以后艾娃回来了就把盒子交给她。这只老乌鸦，居然让他说中了。他们被送进毒气室的时候，崔科尔大娘到底是什么表情？"天父在上！"她说的肯定是这句话。去他的，为什么要想这些！安努诗卡总疯疯癫癫，精神亢奋。八月四日是爸爸的生日。他们从崔科尔家往回走时，她说她想到了一个超级大的惊喜。八月四日那天，她会揭晓这个秘密的。安努诗卡在八月三日晚上，从爸爸的办公室里偷走了他最喜爱的《圣经》，等整栋房子里的人都睡着了，她把它带到安如的小房子里。安如在烛光下往书上粘了九张薄画纸，描了些他们喜欢的《圣经》故事。他现在只能想起九幅中的两幅了，其中一幅是耶稣正在进入耶路撒冷，他位于画面上一个极不显眼的位置，看画的人几乎发现不了，因为画的前景是两个小孩正在为一篮无花果打架，一群头戴棕榈枝的围观群众和耶稣本人对赏画者的吸引力，的确比不上那两个为无花果争斗的男孩。另一幅之所以令他印象深刻，是因为爸爸曾为此大发雷霆：一位穿着深红色衣服的妇女坐在浑身是血的野兽身上，它有七个头、十只角。早上，她把《圣经》放回爸爸的餐巾下。她这辈子还挨过一回像她逃走前挨的那顿一样的狠揍，她都习惯了。爸爸一怒之下把她送去了日内瓦的女执事机构，想让她在外面守点规矩。

这个安努诗卡多蠢！如果这么回想起来，他相信尽管她被揍了无数次，她还是愿意黏着爸爸。她怎会明白，她不应该按照自己的品位送爸爸画，那一定是爸爸最讨厌的。确实，她怎么会知道呢。在这所房子里，每个人都是以自己的喜好为对方买礼物，自己还高兴得不得了。扬卡给安努诗卡的惊喜是一台缝纫机，但安努诗卡却从来不做女红。爸爸给扬卡买了一本他自己渴望了半年的新版祈祷书，而不是最新的烹饪书。高蒂大娘的每个命名日都会收到一双丝袜，尽管她在每年十一月初就会暗示自己想要香皂或者洗护用品，最好是丁香味或是玫瑰香味的。仔细想来，事实上只有他总是得到自己最想要的，他总是对自己的需求广而告之，而不是像高蒂那样只做个隐晦的暗示。

希望崔科尔·艾娃不会出席葬礼。跟她见面肯定会十分尴尬,两人该聊些什么呢。画室已经被炸毁,两个老人也被害了,艾娃是博瑞尼·山尼①的太太,为什么还要去回忆孩提时代,回忆安努诗卡跑过齐德尔路,扯着门铃的绳子大喊:"耶诺,出来,是我,耶诺!"——崔科尔大叔立马跑过去,打开大门,肥胖的啤酒肚在绿色的工作围裙下微微抖动,安努诗卡扬起脸说:"你好,我亲爱的耶诺,你能让我画会儿画么?"让这世界上所有的崔科尔都去见鬼吧!也许他的确应该把木盒子还给艾娃。是啊,可若是果真如此,当年通货膨胀的时候他们该怎么生活呢?

---

① 山多尔的昵称。

第五章

　　她看到大桶总是很开心,因为这会让她想起母亲。托特桶匠在他们后院里有个作坊,她和罗西①在那些木板和桶圈之间学习走路。托特大叔有一次给她做了一个跟大桶一样的小桶,只是后来爸爸怒吼着把它从窗子里扔了出去,因为她承认,托特大叔不是为了哄她,而是为了讨好妈妈才做的这个小桶。

　　她爸爸以前在城市花园里当园丁,晚上才回家。托特大叔是个鳏夫,他的作坊整天把他跟他们家拴在一起——她母亲留着一头及地长发,是个绝世美人。这个桶是米哈伊,也就是安如做的;上帝保佑安努诗卡,他给她取了这么一个可笑的名字,也不仔细想想。不过,他倒是考虑得挺周到,她现在住的窝就是以前安如住的地方。当年她还睡在大宅厨房里的折叠床上时,谁都不允许踏足这里,连教士想来这里窥探两眼,都需三思

---

① 罗西卡的小名。

而行。

安如用木板把长长的木屋一分为二，后半部分用来存放碎木头块和煤块。他在木板墙上开了一扇小门，这样看上去就像有两个房间似的，一个前屋，一个后屋，只是后面存放着用来生火的木头，就像在冬天出售小包碎煤炭的香料商人塞佩西那样，他的床底下也堆满了生火的材料。

安如住在这儿时，她一直住在大宅里，反正喜忧参半。好处在于，只要拧开水龙头，马上就能洗漱了，而且整个冬天厨房都很暖和——但那也只是厨房而已。高蒂习惯早睡，如果有人口渴想喝杯水，或从储藏间里拿点东西，打开门，亮起灯时，她就要把被单拉过头顶，在被子里紧闭上眼睛，其实这是她害羞的表现，因为她就睡在厨房角落的床上，别人在她身边来来去去。但是在这儿，她就不会受到太多打扰。她要是想暖和些，可以往铁壁炉里添点木块。这儿放不下床，但安如把木头长凳固定在了小屋的一侧。他把长凳裁得很宽，上面正好能铺上被子和褥子。她还有一张小桌子和一个三条腿的脸盆架，所以，什么都齐了，跟一间真正的房间一样。但她住在大宅外，有时在夜里听到花园发出的爆裂声会让她在黑暗中惊坐而起。那时她就想，要是某天夜里她病倒了，兴许就会一直在这儿躺到中午，或者直接死掉；扬卡做完早餐，就给她送来牛奶，如果看见她没打扫院子，就会二话不说拿起扫帚把院子扫干净。扬卡肯定以为她只是没睡醒，想睡觉——毕竟是奔七的人了，她在为自己找借口。有时，她希望扬卡能对她嚷嚷几句；自从扬卡能独立干活了以后，她总有种不再被需要了的感觉。她从没像去年冬天时病得那么重过，浑身乏力，也许是因为他们现在什么都不让她做了，连衣服都找比她年轻五岁的罗西来洗，可她现在依然像六十三岁时一样精神焕发。

水很热，她把脚放到平整的桶底，口中不禁轻轻地发出一阵愉悦的声音。可怜的夫人还是走了。到底该怎么处理她的衣服呢。夫人以前有一件灰衣服，很漂亮，现在还在，上次扬卡在初夏时分往衣服里塞樟脑时她还看见过。她把青筋暴突的脚放在滚烫的水中，思忖着要不要把灰衣服送给扬卡。倒不是说不行，不过扬卡的灰衣服够多了，而且小姑娘也还没开始穿灰色。这是老年人的颜色。

安如也有毛巾架，他在三角脸盆架的旁边挂了一块海绵。这个米哈伊什么都能用牛角做出来，什么都会雕刻，那些梳子、剃刀柄都没问题！她取下毛巾擦干了脚。她很久没穿鞋子了，提鞋跟对她来说太困难了，不过穿戴倒还算得体。她来教士家已经四十年了，那时她还是个总止不住咳嗽的瘦姑娘。她用第一年的工资买了一身黑衣服和一块头巾，怕自己万一去世时能用上。她爸爸就是春天去世的，她们家没钱，只能让他穿着大腿根磨出了破洞的裤子入了土，这让她们觉得万分内疚。葬礼时，牧师念了一篇很美的告别辞，罗西却一直嚷嚷着什么也听不见。大家都觉得她对父亲的去世无法释怀，但她只是觉得羞愧，她知道，等到葬礼结束后，整个无花果园都会拿她们做谈资。

下午会把夫人的棺材盖上吗？这不合规矩啊，真不敢相信。他们还是要破坏规矩！如果那会儿棺盖是盖着的，他们没给爸爸穿上体面衣服的事就不会被人指指点点了，用纸糊的盖尸布还短了一截。不过，别人不会责备她的，她有衣服，现在就要去穿上，那料子特棒，根本看不出是很久以前买的。每到重要的节日活动时，她都会穿上。那些年，她害怕别人看见岁月在她头发上留下的痕迹，便戴上了那块粉色羊绒头巾，从此以后她就再也离不开头巾了。她的体型一点没变，只是背更驼了，人更消瘦了；他们家没有胖人。罗西到现在还能用两只手掌掐住腰——哎哟，她年轻时有多漂亮哟，比她们的妈妈还要漂亮一百倍。

这时，她惊讶地发现自己竟想起了罗西。她唯一的愿望，就是下午去葬礼时问她把安努诗卡的勺子要回来。可怜的夫人,要是当时她的胡言乱语能让别人明白这是最后一把银勺了,现在就不会有这么多麻烦了,罗西准会去找别的东西。但小阿尔巴德是最后见到她的人,回家后一如往常,没人发现她拿走了勺子。这可怜的孩子,又一次成了孤儿。现在,她该去要勺子了,如果安努诗卡要回来吃饭的话,她肯定不会想用别的勺子吃东西的。

她盯着静脉暴突的宽脚板。要是人人都能学会坦诚相待,那她就能把勺子要回来。安努诗卡离家九年,扬卡又那么善良,如果她张口要,扬卡一定会给她的。但要是那样做,她就得把事情一五一十地向她解释一遍,告诉她自己为什么需要这把银勺子,可她并不愿透露细节。扬卡是个好女人,但那也不能对她说,也不能对教士说,无论如何都不行。她也许愿意跟小阿尔巴德说,但现在几乎见不着他的面了。阿尔巴德能理解这种事儿,小可怜儿,现在,他也成了别人的垃圾桶。小时候,他经常蹲在厨房里她的床边抱怨:"我没有爸爸,也没有妈妈!"小可怜抽泣着说。他只相信她,看看,现在他也只敢问她要钱,不过,她很高兴自己能给他钱。去年十二月时,她给了他二十九福林,这是她仅有的积蓄。小阿尔巴德说他会还利息的,他也照做了,因为从那会儿起,所有的东西都涨价了。可怜人儿,他也过得不容易，要在两所学校代课，她从没想到教师的收入这么少。看看，他拿着如此微薄的工资。这个可怜人为去世的亲人花了不少钱，上帝保佑他。他让罗西一点点地把书送到旧货市场去，然后再把赚来的钱都寄回艾迈奇；他就想看看溺水的公证员太太（他的生母）的坟，花了那么多钱，那坟地打造得就如伊甸园一般。可怜的小孤儿，这个卑贱的女人还在缠着他！是的，她的确可以告诉别人，但没人会跟她交心。她来这里四十年了，无花果园里还活着的人，没一个能记得罗西卡身上发生了什么事儿，她们的爸爸因为酗酒把礼服都卖了，葬礼时，满身污渍的外套从盖尸布下露了出来。母亲也早早地过世了，她从来不提托特大叔和木桶作坊，要不是她对主人家忠心耿耿，也许会去他的作坊干活。托特大叔现在在哪儿呢？这个可怜人一九一四年就走了，后来再也没见过他。如果当年他娶了妈妈，他俩或许可以过得很好，而她也不用一直委身在教士家了。

　　旧货市场旁的食品店里的克希尔特斯·尤莉斯卡和罗西卡成了朋友，罗西卡说起这事时都高兴得哭了。她一辈子都没敢妄想有人能看得起她。克希尔特斯·尤莉斯卡家生了个小姑娘，取名为安努诗卡，明天就要受洗，罗西和克希尔特斯·尤莉斯卡的伯伯扬尼一起为她托水盆。扬尼在屠宰场做屠夫。她俩的友谊萌发于去年屠宰节的时候，罗西卡帮她的邻居料理了所有家务活，屠宰节前一直是她在照料牲口，因为尤莉斯卡要晚上九点以后才能回家，她男人回来得更晚。

要不是她们给这小姑娘起了这么个名字，高蒂大娘也不会想起勺子的事儿；罗西卡在旧货市场卖了十五年的货，也许还能从这些垃圾中翻出件礼物。其实，正因为勺子上刻着安努诗卡的名字，她才想起了那把勺子，那把银勺子。而罗西卡很知足，因为她知道，看到这样的礼物就不会再对别的东西放心了。尽管如此，她还是应该用某种方法告诉克希尔特斯·尤莉斯卡她们在这儿相当受人尊重。她是个外地来的实在姑娘，以前在工厂做工，后来来到这个小地方，刚嫁到无花果园还不到三年。好在克希尔特斯·尤莉斯卡什么都不知道，对她来说，罗西卡就是种植古柯叶的"罗西大娘"。她也认识安如，虽然无花果园时没认出他来。但她完全不知道安如和罗西是什么时候，如何走到一起的；她不认识爱国路上以前的居民，对教士一家也毫不知情。该去把勺子要回来，这跟去年屠宰节时她从地窖里拿出来送去克希尔特斯·尤莉斯卡家的猪油桶不一样。

高蒂叹了口气。教士肯定会说是她偷的，但她从没偷过一分钱。他们完全可以不锁柜子门，她绝不会朝柜子里张望。那口大猪油桶根本没人用，教士家在屠宰节前都把猪养在艾迈奇，他们拿到手的都是经过处理的肉，上面没多少猪油，连小猪油桶都装不满。克希尔特斯·尤莉斯卡觉得她们以前肯定家境不错，她以为这口猪油桶是罗西卡的，因为罗西卡有时会用。如果她告诉教士，罗西卡因为别人相信她能把猪养得膘肥体壮而特别高兴，教士能理解得了吗？怎么可能！

她实在受不了黑漆皮鞋的粘扣了。她刚把脚浸到水里放松，脚立刻就像着了火一样烧起来。她从没拿过什么东西，只有去年十二月拿的桶和现在这个小勺子。如果他们让罗西做教母，那她应该觉得荣幸。她们的妈妈总说，罗西会死在垃圾堆里，那就是她会遇到的大麻烦——可惜这点她也没说对。教士家一直容忍着她们的妈妈，直到她去世。罗西卡老后，自有去处，谁能知道她们的友谊会怎么发展。克希尔特斯·尤莉斯卡住的不是他们自己的房子，罗西却正相反：她住的无花果园的那栋小房子，可怜的妹夫仔细地把那里收拾得干干净净，他真不愧以前当过建筑工人。他确实有时间干这些活儿，因为他一辈子都没做过什么正经工作。因为克希尔特斯·尤莉斯卡家接纳了罗西，罗西甚至连房子都愿意送给他们。罗西无所谓。

她伤感地摸了摸手指关节。她的手指关节粗大，一看就是一双仆人的手。况且，她也发现自己的手已经干不起太繁重的洗涤任务了。她要是还能继续像以前那样工作就好了！虽然这里没人说她吃白饭，但正因为这样，她才更觉得应该干点什么。明天，等葬礼结束后，她要把卧室里所有的东西都清出去，夏天以来就一直没打扫过了。

她整个人缩在黑衣服里，对着镜子整理发髻。镜子的周围装饰着贝壳，安如以前总站在那儿刮胡子。她好像瘦了些。可怜的死去的夫人，那些夜晚，当扬卡和安如在外面的院子里散步时，她们俩就坐在厨房里说了许多话："你没有胖，你是高蒂，你吃什么都不会胖！"她没有生病时，温顺得就像只鸽子。扬卡也很温顺，但那是另一种气质，身边就是万马齐鸣，她也不闻不问。夫人很平和，她注意力集中，尽力在那样的静谧之中感受着只有她能听见的声音。等一切都料理完后，她也要去无花果园，罗西卡说灵婆知道很多奇怪的事；下次要问问她，逝去的灵魂会怎样。第三年的时候高蒂告诉罗西卡，她丈夫至今还在想着她，无法忘记她；他的心仍然徘徊在罗西卡的房子周围，可罗西并没有动心，她只是眼望着远方，似乎并不想听到这些话。有一次，安如还是打开了那扇小门，因为她就住在隔壁的那条街上。但四十年来安如和罗西卡没说过一句话。

高蒂生气了。她那么爱罗西卡，有几次，她的脑海中浮现着往日回忆时，总会被负面情绪缠住。上帝抛弃了米哈伊这个老家伙，但他仍然坚韧不屈！他开始追求罗西卡时，刚刚离开刷子厂。他这一辈子跟谁都合不来，本来在那儿他可以受到尊重的，因为那儿的老板是尤哈斯·卡尔齐，这个卡尔齐备受上帝的眷顾，笃信耶和华，从不轻易拒绝别人。若是强迫米哈伊必须干得比别人出色，学会换一种方式思考问题，对每一个人都来者不拒，永远把自己放在最卑微的位置上，那也是完全不可能的。所以，她们的母亲总告诉罗西别理他——就好像她能躲得开似的。高蒂还生着气呢，却微微笑了起来。他这么高，活像根电线杆，又长了一头茂密如狮子鬃毛般的黑发，怎么可能不理他？罗西卡的头发是金色的，安如给她做了一把镶嵌着贝母的发梳。那就假装两人没有对上眼吧。

　　母亲总是告诫高蒂，谁都不会要她，没人会娶她的，她什么也不是。天知道这是为什么。幸运的是，她的性格并没有让她因此而自暴自弃。她哭过，但只是为了提醒自己多长个心眼——男人永远不会来搅扰她，她却并没有为之黯然神伤。罗西卡也有一枚戒指，是安如用牛角雕给她的，看上去就像蕾丝做的，现在还在，春天时她还在罗西卡那儿见过。安如在戒圈上雕了几只鸽子，很可爱的鸽子——多灵巧的手啊！当然，他们的婚姻没落得什么好结果，老约厄夫人，也就是安如的母亲看不上罗西卡，她们的母亲对安如也没什么好感。米哈伊从刷子厂出来后，就开始耍起了小聪明，过上了游手好闲的日子。如果罗西晚上溜出去，她母亲便会举起擀面杖要打她。母亲不允许她晚上出门，她就偷偷溜到安如那儿去。她知道他走了，在费迪南大公被刺杀后，她立刻就知道出事了，他参军去了。她偷偷藏着烧碱和小刀，晚上从梦里惊醒，梦到井盖被上了锁；她母亲觉得她失去了理智，只能把井盖锁上，骗她是怕猫掉进去。安如是个疯子，总是疯疯癫癫的。这以后该让罗西卡怎么想，怎么做呢？难道要她一直等他回来，不知羞耻地每天挺个大肚子到处转悠，最后把孩子生下来、藏起来？

　　上帝保佑她的妹夫郝拉斯·费伦茨，他绝对是个正直的人，和罗西也很般配，罗西总是比她幸运。当艾特尔，就是霍默克街上的艾特尔要热心帮她的时候，她只哭了一小会儿就平静了下来。罗西卡选择嫁给郝拉斯·费伦茨，母亲知道她们俩都生活无虞后，就放心地合眼走了。高蒂那时已经在教士家做佣人了，可她还是很不适应！教士高尔·安道尔是个虔诚而安静的人，但这个主人，说起话来那么严肃，仿佛每天都是耶稣受难日。她是真心喜欢夫人，夫人从不对任何人口出恶言。安努诗卡还没出生时,谁都不知道她病了。她喜欢坐在那儿做针线活儿,嘴里哼着圣歌。她还会弹钢琴,家里来客人时,她也会亲切地跟人交谈,连弗兰切斯卡都没法对她说三道四。但她却不爱自己的孩子。是的,她们的确让人爱不起来。她不关心扬卡,不怎么跟她说话,甚至有时会完全把她抛到脑后,任她流落街头。有时带扬卡去市场,高蒂还要跑回去,到那些硕大的篮筐中间找这个正嘤嘤哭泣的孩子。她也不是特别喜欢教士,只不过总是瞪着眼睛看他。这个悲惨的灵魂只能依赖着教士。如果没有安努诗卡,也许一切都会不同。这姑娘只会到处惹麻烦。要是找不到她的勺子了,她肯定又会到处嚷嚷!有一次,她找不着那把该死的勺子了,扬卡只能把桌布拿到花田里去边抖边找,一直到晚上也没找到。等安如从葡萄田里回来了,她才停止到处乱吐食物,难道这会儿她用上自己的勺子了?这勺子也是奇怪,就是一把普通的木勺子,弯度不大,浅浅的,涂成黄色的勺柄,上面画着黑色的小虫,是安如从监狱里的一个俄罗斯人那儿弄来的。后来,她就用这把勺子吃饭,因为这是安如给的。她还学着安如的样子用水罐子喝水,高蒂也尝试让她模仿教士或是扬卡的样子,只不过她立马就把水吐了出来。真是个讨人嫌的孩子!

老实说,要不是她推荐安如来教士家,还不知道这个老顽固会在哪儿游荡呢？那会儿教士有一块租地、一片稍大一点的葡萄园和这个院子。当她看见安如脖子上挂着靴子，手上拎着麻袋，光着脚步履蹒跚地从车站走来时，她正苦恼该给教士家找个什么样的人呢。那年冬天，老约厄夫人也去世了，安如要是那时回到爱国路上的家，而罗西卡却在隔壁赛格菲道上的家里生着火，为她的男人做面包，会是一番什么样的景象呢，简直不敢想象。跟安如一起回来了很多士兵，她知道他们为什么都回来了，到处都找不到工作，他们几乎转遍了所有工厂。安如回过神来时，才发现他已经置身大宅。大家都还不错，教士一家如此，安如还好，罗西卡也一样。那以后，他俩只说过一次话。罗西卡说，他来找孩子，等他知道事情的真相后，连句"上帝保佑"都没说就直接离开了。那是很久以前的事了，当时罗西大约还不到二十三岁，米哈伊也只有三十四岁。妹夫费伦茨干什么去了？自那以后，他俩再也没说过一句话。两人在旧货市场上的摊位相对而设，当罗西卡看到寒潮来了，米哈伊却只穿着双破靴子，呼呼地用热气呵着被冻成酱紫色的手指时，心都碎了。春天他就卖他的齐特琴，那一直是他引以为傲的作品。后来，他吹牛说要像卖玻璃的科考什那样，在市场旁边开一家店，以后就在那儿卖画片、盒子和小鸟。他会把钱存在哪里呢，他一直在为开店攒钱,自从去了教士家,他一直在攒钱,而且也攒下了不少。他总是把钱放在一个红色塑料袋里,挂在脖子上。安努诗卡也想开一家这样的店,这两人总是一个鼻孔出气。不过商店连个影儿也没见着。他一辈子就吃着南瓜和土豆。可他把钱都放哪儿了呢?他沉默得像条鱼。不过,他们在一个院子里住的时候聊了很多。安如住在这儿时,罗西是不敢进小棚屋的。冬天时,室外天寒地冻,她让费托里·埃尔日往旧货市场给他带一块烧热的砖头放在他脚下,这个老家伙倒是没把砖头往墙上砸得粉碎。幸好他没有因为罗西而对她怀恨在心。他们俩本可以在教士家过得很不错。罗西的麻烦够多了,以前发生的事无法改变,无花果园的人们什么都知道——只要进过霍默克街的艾特尔家门的人,都知道发生了什么。

费伦茨妹夫对这些事都是睁一只眼闭一只眼的。上帝保佑死者。今天去墓地时,她要带几枝花去,等告别仪式结束后就去献给妹夫。万灵节那天,她也会从大宅溜走,因为教士只在耶稣受难日那天才让家里人去扫墓。她要是知道罗西卡会像天主教徒那样点上蜡烛,也许就不会那么积极了。今年她们在父亲、母亲和妹夫的坟上都点了蜡烛,老约厄夫人的坟上也有,但其实没什么意义。罗西一直很紧张,怕在墓地撞见米哈伊祭奠约厄夫人。她安慰她，米哈伊怎么会来，他不信上帝，也不信魔鬼，他的身体和灵魂都没有信仰。米哈伊确实没来，就像她预见的那样，老约厄夫人的坟头只摇曳着一根孤零零的蜡烛。而他本可以为她点上一根的，但这个世界上，谁都没收到过这个老顽固送的任何东西，除了安努诗卡。他还有什么事没为她做过！

小狗亚松被捕狗人抓走时，他和安努诗卡一起去狗场赎它。狗场的人带来了三条野狗和亚松，安努诗卡马上用弗兰切斯卡给的金戒指换回了那三条野狗和自己的亚松。教士大为光火，说安如头脑发晕，会受到诅咒的，因为他任由安努诗卡卖掉了戒指，接着就把三条野狗赶出了大宅，它们在塔尔班区，分别朝三个方向消失得无影无踪。安如回道，这小姑娘善良的本性不是跟他学的，而是从教士身上学来的，她只是付出了她所有的一切。假如她再年长些，必能想到用别的东西赎狗。教士怒气冲冲地说："耶稣也很有同情心，也爱惜小动物，可他也不会随便在牲口棚或是家禽窝里显灵。"

教士恼怒地把安如赶了出去。她记得那是冬天的事，因为安如在整理他的麻袋时，安努诗卡把自己埋进了雪里，还用雪盖住了头，想体验濒死的感觉。安如把她揪出来时，她的耳朵里灌满了雪。怎么就不让她冻死，就因为安努诗卡，这座房子里什么都不对劲了。后来，教士又出来有点事儿，安如拎着麻袋站到一边，对教士说:"非常抱歉!"教士嘴里胡言乱语了一通，也只能咽下这口气。离开安如，他的租地和葡萄园怎么办，他上哪儿再去找一个这么合适的人。安如像座山似的站在那儿，并没有低垂下眼帘，而是眼神犀利地盯着教士，安努诗卡垂着双臂，两只手藏在袖管里。"非常抱歉!"他又说了一遍，听着实在刺耳，口气中完全没有任何悔意或谦卑。教士的脸唰地红了，似乎羞愧极了，安如的脸却白得像沙堆。教士嘴里嘟囔着往办公室疾步走去，安努诗卡一放松，就嗷嗷大哭起来，嘴里还骂骂咧咧个不停。趁着安如还没打她屁股，她赶紧逃之夭夭，又在院子的尽头兴奋得尖叫起来。他们说，夫人发疯是因为她想杀了安努诗卡？这就能看得出，她的头脑有多清醒，她最先意识到自己在这个纷乱的世界上生了个什么东西。她始终像只小羊羔一样，却还要被他们塞进疯人院。再也见不到她了，会想念她的；那儿的医生说起话来都和风细雨的，去那儿多好啊，这个悲伤的灵魂从未伤害过任何人，只是看着，微笑着，高蒂很熟悉这样的她，她还关心过罗西卡。她去看她时，总是穿上这件漂亮的黑衣，有一次费托里·埃尔日看见她走进医院大门，也嫉妒她身上的这件衣服。她疯了？没有谁会比这座房子里的人更疯。太阳当空照，大家都热得无精打采，教士还穿着黑衣服到处走动，扣子一直扣到下巴底下。要是土豆发酵了，他就会说那是上帝的惩罚，却不会想想，这个地区所有的地窖都不能用了，连骨头都要发臭了。多少次，昆·拉斯洛沉默地坐在晚餐桌边盯着安努诗卡曾经安坐的桌尾发呆，突然他又踢开自己身下的椅子奔回礼拜堂，往肚子里灌上一升水。他没处发泄啊！每次去看望可怜的夫人时，她的怒气就不打一处来。安努诗卡抛弃了所有的一切，像吉卜赛人一样浪迹天涯？她在家的时候，也是所有人的麻烦。扬卡也有这毛病，别人说她随了母亲。要是扬卡不在了，每天早晨大家就只能干瞪眼。可她却永远在这座房子里打扫、烹煮、蒙上眼睛，什么都看不见。

我可怜的人啊，他们都布置好了。至少要办一场完美的葬礼！家里人最好坐在前排的灵柩边，这是传统；只是别让那些讨厌鬼靠近她，比如戴琪夫人或者安努诗卡。把她安排到左边的远亲区？不，阿尔巴德不会这么做的，他不会把她排挤出去的。等会儿要坐到茹日卡①身边，她还是害怕尸体，晚上上晚餐时她还在问，死人的脸是什么样的。这是她第一次见外婆，之前她从没见过。安如肯定在外面，跟安努诗卡在一起。这个老疯

---

① 即茹若娜。

子,所有人都知道,九年前,是他帮她逃跑的。只有等罗西在葬礼上出现才能跟她说勺子的事。如果安努诗卡回家后给她上餐,她肯定首先会因为这个银勺子气急败坏的。

第六章

　　外曾祖母想知道她现在读几年级了，学得怎么样。这个问题还算简单：她上三年级，成绩优秀。喜欢弹钢琴吗？她不喜欢音乐。戴琪夫人很惊讶，因为她记得，她把女儿和奥斯卡的钢琴一起送给了他们。可怜的奥斯卡，他钢琴弹得多棒啊！不是谁都能把每一件事都做得完美无缺的。苏苏脱口而出："他们已经把钢琴卖掉了。"那时妈妈年纪还小，耶稣受难日那天外公把钢琴盖锁了起来，以免任何人用音乐搅扰这个日子。安努诗卡像拉科西①似的，怒气冲冲地强行掀开了琴盖，伴着琴声唱起了歌。外公揍她时，她号叫着说自己必须在耶稣受难日弹钢琴，而且上帝一定愿意在一年中的这一天听到音乐，这音乐简直太美妙了，而且这也是一种纪念基督的方式，他就是不听音乐也难逃一死。当然，这不能说出来，这种事不能跟陌生人说，尤其不能谈论安努

---

　　① 拉科西·马伽什（1892—1971），匈牙利人民共和国在1945年—1956年期间的国家最高领导人，以脾气火爆著称。

诗卡，对外曾祖母也不行。外曾祖母的嘴上涂着唇膏，眼睑上画着黑色眼影，头发全白了。外公看得出外曾祖母化妆了吗？

她太老了。苏苏呆望着她手上松垮、宽大的金红色戒指。她往爬满皱纹的手指上戴戒指不害臊吗？外曾祖母的脖子上还挂着一串链子，是用黑丝带穿起来的珍珠项链，在脖子后面打了个结。为什么要在脖子上系带子？外公看到了一定会生气的。在他们家，外公不允许她们戴任何俗艳的装饰品，也不许她穿耳洞。所以，有一次安努诗卡戴了一只金戒指，也惹出了大麻烦。又想起安努诗卡了，今天一整天还会再想起她的。

还能跟外曾祖母聊些什么呢？她默默地看着她。她的洋娃娃、小熊、笔记本和她编织的作品都给外曾祖母看过了。她不停地点头赞许，内心里却觉得苏苏这个年纪的孩子能独立做针线活根本就是在吹牛；这些活计都是她母亲教她的。她也做别的孩子不做的事儿：每周去上两次宗教课，周二和周五，四点到五点。爸爸在切雷普街上的学校里教他们。她大大方方地去学神学，不像别人那样；他们整个年级的孩子都在学神学，只不过都是偷偷摸摸的。她可以公开去学，因为她的爸爸是和平教士。外曾祖母竟然不知道什么是和平教士？她安静地坐在那儿，不问东问西多管闲事的时候，就只管谈论食物。外婆是她的女儿,就像她是妈妈的女儿一样。如果是她躺在棺材里,妈妈会不会像这样一直坐在凉亭里评论柠檬米饭呢?她知道妈妈不会的;如果她死了,妈妈也活不了。我就是她的一切——她的脑海中突然出现了母亲对她的爱称:"我的心肝!"她知道,的确如此,这让她很高兴。

戴琪夫人觉得茹若娜很无聊,她不像个孩子,过于安静、平和。"寡淡无味的人!"奥斯卡总这么说。这个孩子平淡无奇,毫无激情。

这些人太无聊了!血缘关系根本毫无意义!实际上这孩子跟她的血缘关系很近,是艾迪特,她亲爱的女儿的外孙女,她的亲骨肉——但她却什么感觉都没有。这是奥斯卡的曾外孙女儿?葬礼让她想起奥斯卡,多少次,她眼前浮现出奥斯卡瘦削的阳刚之躯,乌黑的头发。这个曾外孙女真无趣,她的妈妈也很无聊;艾迪特总是特别警觉,神经紧张,只有能量无限的奥斯卡还能给人安慰,这是个美丽的灵魂。多希望能再见见奥斯卡,再听听他在工作室里吹口哨的声音,等着他回家。"我们若活着,是为主而活。若死了,是为主而死。"追悼会通知上是这么写的。他们难道真的这么认为?她没为奥斯卡准备追悼会通知,因为她没法写下奥斯卡不在了的通知。如果艾迪特是个男孩,或者至少有一点点像他,他也许还能活到现在……她一点都不像他。其实,卡尔曼也不像,只是他们之前没有意识到。他们只看到,卡尔曼也总爱从街上跑来,像奥斯卡那样不戴帽子,嘴里叼着根小小的雪茄,而不是香烟。不,不,奥斯卡消失了,无影无踪。

还能跟这个瘦巴巴的孩子干些什么呢?她所有的玩具、本子都已经看过一遍,也翻阅完了那些整整齐齐躺在书包里的书本。如果他们用这么可怕的课本教八岁的孩子,这孩子的内心当然也就留不下多少孩子的灵气了。她把书包塞回苏苏手里,靠回藤条椅,闭上了眼睛。"我晒会儿太阳。"她对苏苏说,苏苏一本正经地点点头。外曾祖母做的这个事,跟外公和高蒂大娘一样。"我闭目养神一会儿。"如果午饭后外公困了,他就会靠在大椅子上这么说。"让我的眼睛休息一会儿,亲爱的!"高蒂大娘在暑气旺盛的木屋里没什么事可干的时候,也会这样轻声地说。外曾祖母晒着太阳,让她晒吧。她该看书了,明天还要去上学。

她走出葡萄架,坐在卧室窗下的小凳子上。夏日的夜晚,天黑得晚,她总是陪母亲坐在这儿,两人中间的篮子里装着要缝补的袜子和床单。母亲这个漂亮的红色篮子是安如做的。"这是亚松的凳子,"母亲说,"亚松喜欢坐在这儿,这只小猎犬要是感觉有什么不对劲就会仰天长啸。每到天快亮的时候,它就会趴在上面盯着站在窗口的安努诗卡看。"茹若娜没见过亚松,只听母亲讲过关于它的故事,安努诗卡离家出走后的几个月里,每天天亮时,它就会呜咽着坐在那儿。有一次,爸爸一气之下把杠铃从卧室里往它身上扔去,因为它让他没法睡觉。就是那次,亚松受了伤,不吃不喝,也没法再坐起来了,一直昏昏沉沉地睡着,不久就死了。苏苏很高兴不用看到亚松的死亡过程,要是今天也不用去墓地,那她也会一样高兴的。

她害怕一切改变生活的事情。自从家里没了猫,高蒂大娘重新启用老鼠夹,被吓怕了的老鼠只能待在垃圾桶的灰堆里,她再也不敢自己去厨房了。她也害怕丧服,可她一会儿就要去换上,还要穿好几天,真是太糟糕了。等下见到她从未谋面的外婆,今天就会成为最可怕的下午。等会儿就闭紧眼睛,决不抬起头。尸体有臭味吗?高蒂大娘说有。母亲会戴上几乎能遮住全脸的面纱。要是她也有一副面纱就好了,躲在面纱后面,就没人会发现她的眼睛没盯着棺材了。

她还从没参加过葬礼,从没见过死人。自从他们把隔壁的那栋房子和救济所改成幼儿园后,门前这条塔尔巴区的柯莎尔福诺街就能一直通到她学校,她来去都要经过殡葬公司的大玻璃窗。路过那儿时她从不敢抬起头,透过玻璃窗能看见橱窗里的花圈和棺材。母亲说,她小时候见过橱窗里有两个金色的小天使托着一个用玻璃勿忘我制成的花圈,中间立着一具浅蓝色的儿童棺材,里面躺着一个巨大的娃娃,盖着盖尸布。母亲笑起来,每当她说起这些事情时,苏苏都不愿细听,也不会往橱窗里看。

昨晚高蒂大娘说,等给外婆送晚餐时,不用害怕尸体,这没什么好怕的,她不会再管你要面包了。这只是以防她来要面包,不过面包对她有什么用呢。要挽着妈妈的手。不,不要挽着妈妈,她应该跟着高蒂大娘。这是她昨天晚餐时听到的,爸爸事无巨细地交代了一遍,谁应该跟谁在一起。外公跟外曾祖母一起,然后是爸爸和妈妈,接着是阿尔巴德舅舅和弗兰切斯卡姑婆,最后是高蒂大娘和她。如果安努诗卡也来了,谁跟安努诗卡一起呢?千万别拖太长时间!

外曾祖母睡着了,头歪在一边。她的脖子扭着,珍珠项链也滑了下来。这下就能清楚地看见要遮住脖子的原因了:她脖子上沟壑纵横的皮肤一览无余。苏苏就像看到了什么不该看的东西似的,觉得很恶心。她转过身去,背对着葡萄架,重新坐回小凳子,突出的膝盖骨顶着石灰墙面。她把书包放在身边。明天又是上学的日子。上学很好,她每天早上七点半和阿尔巴德舅舅一起去学校；七点四十五分之前到学校，老师苏菲阿姨早就等在那儿了。苏菲阿姨喜欢阿尔巴德舅舅，她也喜欢苏苏。三年级女生的教室在楼上，阿尔巴德舅舅的班级，那些三年级男生的教室在楼下。有一次，他们班的一个学生偷了一支自来水笔，那是胡萨尔·艾妮珂的水笔。从来没发生过这种事。阿尔巴德舅舅的班里也有人偷东西？阿尔巴德舅舅自己也偷孩子们的东西吗，还是只偷外公的？

其实，学习没什么意义，她明天也没什么可问的。外婆去世有四天了，他们也已经三天没上课了。苏菲阿姨对班里的学生说，要对她好点，因为她的外婆去世了。如果外婆去世的那天晚上苏菲阿姨跟他们在一起，她会说什么呢？阿尔巴德舅舅在会客室里接电话，他的大嗓门连在餐厅里吃晚餐的人都能听见。母亲的眼泪落在辣土豆上。外公放下叉子，捋了捋胡须，脸色煞白，他站起身说："上帝给予，上帝剥夺……"爸爸什么也没说，从盘子里叉起最后一块土豆。高蒂大娘开始嘤嘤地哭起来，他们让她离开。"别哭了！"父亲对母亲说。阿尔巴德舅舅点了根烟，外公在屋子里来回踱步。阿尔巴德舅舅拿出一瓶李子白酒，每个人都喝了点，妈妈喝了，他们给高蒂大娘也送了一杯过去。那景象，就像一场生日聚会。

学习没什么意思，就是看看书。她学得很快，也很用心，但读课本却总是很慢。因为有时她打开书本后总喜欢往前翻看图片。现在她手里捧着的是《亲爱的母语》，一本新的语法书。苏菲阿姨说，她们是第一个用这本书的班级。《三年级实验教材》，苏苏有时也看这本。"劳茨在他农村的外婆家待了两周。他写了很多笔记。""我们的话语是由句子组成的，我们的思想是由话语和书写表达的。"如果她也去农村外曾祖母的家里住上一段，她也能写出不少笔记。"外曾祖母涂口红和眼影，她用珍珠项链盖住脖子上的皱纹。外曾祖母又瘦又矮，她还染指甲，但指甲很脏。外曾祖母不爱喝牛奶。她很老了，不久就会死掉。"

劳茨给他的朋友写信："亲爱的菲利！我见到了野兔。"劳茨的信好傻啊！"亲爱的菲利，"苏苏在脑海里写道，"我听见爸爸在哭。是今天早上的事。我被他的哭声吵醒。一开始我以为我是在做梦，但后来我就明白了，是我醒了，爸爸在哭。妈妈睡得很沉，她什么都不知道。"

她翻了一页。那页上有一张图片，图片上画着一张床，一个悲伤的男孩，一只床头柜，柜子上放着一支温度计和几个杯子。"这个生病的孩子有什么愿望？"他只想要健康！——这就是他的愿望。他只想要能够再次踏上草坪奔跑！希望不用再吃药！床。夜里这张床上究竟发生了什么，妈妈的床上？"亲爱的菲利！有时我晚上醒来时，不知道卧室里究竟发生了什么事。肯定有事发生，肯定是特别的事。爸爸是不是打妈妈了？"

健康的孩子会有什么愿望？——苏苏想着。——要是不用去葬礼就好了！那也不用见到安如了！我很想见安努诗卡！

她见过安如——她想起来了。妈妈去旧货市场买装番茄的玻璃瓶，拉着她的手，把她带到最边上的一排，安如在那儿抽烟斗，没想跟妈妈打招呼。可怜的妈妈，她很害怕！她想跟安如说话，但又怕被人发现。

苏苏发现安如看见了她们，她很想走上前去，因为安如面前的一堆麻袋上站着几只蓝色的小鸟，但她不能。妈妈买玻璃瓶比预算多花了二十菲列，就为了好赶紧离开。高蒂大娘搞错了，她以为那天安如不会出摊，因为他病了。要是能得到一只这样的小鸟该多好啊！它的尾羽是粉色的，脖子还不停地来回转着……

又是一幅图片。扎着头巾的妇女和穿着呢子马甲的农民正在摘苹果。苏苏经常去摘苹果：他们像打核桃似的，用棍子把冬苹果打下来，妈妈或爸爸就站在梯子上，用篮球网那样的网兜把长得特别好的苹果兜下来。他们那儿没人在头上绑头巾。难道首都人民都绑着头巾摘苹果？她又想起了安如，他坐在小椅子上，把两只硕大的光脚放在身前，抽着烟斗。他穿灰色的裤子和衬衫，但不穿呢子马甲。苏菲阿姨告诉他们，农民都穿呢子马甲。有一次，这儿来过一个剧团，又唱歌又跳舞的，她不能去看，因为演出的时间正巧赶上圣周①，不过克托尔曼·尤莉斯去看了。她说每个舞者都穿着呢子马甲。那为什么安如不穿呢？在他们家葡萄田里干活儿的盖尔盖伊也不穿，只穿小外套。

下一张是首都的图片。中间流淌着一条河，两边是佩斯和布达。河，这就是一条河，他们经常去蒂萨河，都看腻了。是的，这就是多瑙河。那上面架着大桥，一边是平原，一边是山地。"三年级的学生去了雅诺什山上的观景台，从那儿极目远眺。那景色实在太壮美了！多瑙河泛着粼粼波光！看，那是国会大厦！"到底哪个是国会大厦？那到底是什么？上帝的房子是教堂，教士的房子是教会，但国家的房子……有一次，他们还去了西迪山郊游，那是个春天，蒂萨河里的冰开始化了，妈妈往她的篮子里装了鸡肉，可她把篮子落在了火车上，苏菲阿姨就把自己的东西分给她吃。他们到那儿后，没人说："景色太壮美了。"他们只会说："这儿好美啊！"

---

① 基督教传统中复活节之前的一周，用来纪念耶稣受难。

蒂萨河也是,她们绝不会说泛着粼粼波光,而会说:"被太阳照过的河水真臭。"托米说:"男生班的博瑞尼·汤玛士觉得蒂萨河很臭,有股沙土味儿。"雅诺什山的观景台是什么样的呢?雅诺什山在哪儿?安努诗卡住在科尔托街,十二区,科尔托街九十七号。

她看看四周,好像自己大声说出了一个秘密。十二区,科尔托街九十七号。那是初夏时节的一个晚上,她被派到办公室去取墨水。她在爸爸的《圣经》里发现了一封信,一封封着口的信,上面贴着邮票。走进办公室时,天已经全黑了,她先是翻了翻堆在桌子上的写满文字的文件,又弯下腰,发现爸爸的抽屉上插着钥匙。打从她出生起就没见过爸爸的抽屉开着。她从妈妈那儿得知,家里也从没人看到它开着过。她打开抽屉,往里面瞧了瞧。抽屉里堆着些纸条,一个盒子里放着些钱和照片,但她没时间看。在妈妈为《圣经》缝制的刺绣封套里,有一件硬邦邦的东西:那是一封信。"马特·科琳娜,布达佩斯,十二区,科尔托街九十七号"。后来,她整个晚上都在发抖,妈妈还给她量了体温。直到今天她也想不通自己为什么不告诉妈妈这个发现。她并不是因为自己做了件错事而沉默不语——如果做错了事,她会马上说出来,这样能释放心理负担。但这事儿,她没法说。科尔托街九十七号。

外婆去世的那天夜里，外公提起了安努诗卡的名字。"应该通知那姑娘，"外公说，"不要给外界留下口舌。她不能错过母亲的葬礼。"妈妈抽泣起来，阿尔巴德舅舅轻抚着外公的肩膀，亲吻他的手；爸爸什么都没说，只是脸涨得通红，慢慢憋成了深红色，双唇紧闭。"可惜我们不知道她的地址！"外公说着，朝爸爸看去，"那我们怎么联系她？""科尔托街九十七号。"苏苏想说出来，但幸好声音没从嗓子里冒出来。妈妈哭得上气不接下气，因为外公明令禁止任何人提起安努诗卡的名字，或者去打听她在哪儿，在干什么。她等着爸爸开口，等待的过程极其痛苦，因为她的嘴一直挣扎着想说出"科尔托街九十七号"。这时，爸爸的脸又转成了苍白色，他说他不知道安努诗卡住哪儿。他会让高蒂大娘去安如那儿问问，如果有人知道安努诗卡的地址，那人一定就是安如。高蒂大娘当晚就跑了过去。她回来时，苏苏已经上床。妈妈抹着眼泪读着写在纸条上的地址："科尔托街九十七号。""是吗？"爸爸问道，"那么说，她住在斯瓦布山上？"

苏苏蹲在地上拨弄起沙子来。这是布达，这是佩斯。首都由好几个区组成。他们的城市也有好几个区。他们住的塔尔巴是三区。布达佩斯，十二区，安努诗卡就住在那儿。爸爸知道她住哪儿；如果他知道，为什么不说。为什么上帝要宽恕安努诗卡？妈妈爱安努诗卡。科尔托街九十七号，那儿流淌着多瑙河。哪座山是斯瓦布山？电报是爸爸去发的，前天，他带高蒂大娘去了邮局。如果安努诗卡要来，那她应该已经到城里了。安努诗卡。实际上，应该是安努诗卡小姨，但要她叫小姨，她还是开不了口。她的思绪间全是安努诗卡的影子，全是她听说的那个会撬开钢琴盖的坏姑娘小安努诗卡，那个坐在妈妈大腿上，朝饭菜里吐口水，揉坏了《匈牙利历史图册》的安努诗卡，那个为了亚松当掉金戒指，把自己埋在雪堆里，会爆粗口，会唱歌，从不低眉顺目的安努诗卡。她离开了九年，那年她二十岁。二十加九，二十九。安努诗卡小姨，还是叫不出口。安努诗卡！

外婆就是那时被送走的。克托尔曼·尤莉斯上个月参加了一场葬礼，但她一点儿都不害怕。"她不会再跟我们要面包了！"高蒂大娘说。要是外婆从棺材里坐起来要面包吃，那就太可怕了。爸爸昨天晚上为什么哭得那么厉害？他哭了那么久，一直在祷告，害得她都没法继续睡觉。是因为外婆？不可能，没人喜欢外婆。

外曾祖母醒了，苏苏感觉到她在看她。她抚平了衣服，继续拨弄沙子。这是盖雷尔特山，这是自由女神像。照片中看不出那是一座山。山应该很高，有顶峰。有的山顶还覆盖着白雪。她从没见过高山。妈妈说，家里为了让安努诗卡变成一个乖巧的小姑娘，把她送出国。那是她第一次在佩斯看见山，她尖叫着撒开妈妈的手，沿着马路朝山的方向奔去。匈牙利的首都是布达佩斯。生病的孩子有什么愿望？我们说的句子中最小的结构是词。科尔托街九十七号。真正的山是什么样的？比库恩山要大得多？科尔托街在斯瓦布山上，安努诗卡就住在山上。她有狗吗？它早上也坐在窗子下的凳子上叫吗？爸爸为什么在夜里哭？可怜的妈妈，她要是知道爸爸哭了，会说什么呢。

扬卡从厨房的窗口招呼她可以进来换丧服了。她乖巧地把东西收拾好。扬卡怜爱地看着她细瘦的身躯消失在黑色的布衣里。这孩子多安静，多听话。一双天真的眼睛，是一双真正的孩子的眼睛，清澈透明，毫无保留。安努诗卡的眼神千变万化，而茹若娜的眼神却始终那么清澈、平静。苏苏还是个孩子，什么都不懂，只知道她跟她说的那些事。她乖巧、顺从，扬卡爱苏苏，就像她爱安努诗卡一样，只是更平和些，因为苏苏绝不会令她失望，也从不会在脑子里纠结与她毫不相干的事。苏苏是个真正的孩子，是这个世界上她唯一能理解、接受的灵魂。

妈妈！——苏苏想着。她把头朝妈妈的手臂靠去。

妈妈身上也有一股丧服的味道，只不过还多了点酸溜溜的黑咖啡味。外婆躺在灵柩里，谁都没哭，外公也没有。外公又把地下室的钥匙拿走了。酒精对身体不好。葡萄园的钥匙也从钥匙板上消失了。不过，要是能来一小串葡萄也不错！上帝原谅了这个罪有应得的女人。爸爸撒了谎，阿尔巴德舅舅偷东西。除了她以外，谁都不喜欢妈妈。我们国家的首都是布达佩斯。科尔托街九十七号。爸爸清楚安努诗卡住哪儿，可他们问他的时候，他为什么不说？

第七章

窗子开着,屋外传来茹若娜清脆的嗓音和他岳母细弱、怪异的声音。他父亲的教堂也像这儿一样,窗子面向花园,只不过在家里时,所到之处皆能闻到花香,每个房间都能让他惊艳。冬天,要是打开衣柜门,薰衣草和薄荷的香味就会扑面而来:他母亲把干枯的叶子装在透明的丝绸小袋里,放进装内衣的柜子。他们的院子里开满了香气宜人的花,天主教徒也会来他们家讨要嫁接的植株。他母亲拥有一双能让干花枯枝重焕生机的起死回生之手,连父亲的房间都散发着肥皂花和喇叭花的香味。他记得父亲曾为此抱怨个不停。花,花,总是花,像是一场没完没了的盛宴。母亲和弗兰切斯卡把黄油抹在鸡肉上,父亲开怀地大笑着,他拍着这个教堂负责人的肩膀;弟弟雅诺什狼吞虎咽地吃着,怀里还搂着腌骨头。他很能吃,可肺炎在他三十岁时夺走了他的命。他活得太舒坦了。

扬卡不知疲倦地打扫卫生,给房间通风。她快四十岁了，还是没学会怎么学习，却喜欢闻纸张和书本中的灰尘味。他想起扬卡读书时在图书室里看书，能把眼睛都看肿。那时，安如还在大宅里住，这个异教徒让他神经紧张，他在这片沙地上培育了一座艳俗的花园。玫瑰和康乃馨，深色的郁金香。幸亏从那以后，高蒂的手几乎摧毁了所有东西。她很懒，完全没受到园丁父亲的任何影响，一点都不喜欢花。

外面这姑娘到底什么时候才能闭上嘴！她妈妈可没她这么多话。她以前不是这样的，这个老女人让她成了一个烦人精。他发现，多余的话总是让他烦躁，却能让弗兰切斯卡在学习的时候平静下来。弗兰切斯卡一学会什么，嘴巴就会动个不停。她坐在小椅子上，木偶似的手臂一直张牙舞爪地挥舞个不停，即使没有听众，她也能说得口沫横飞；她大声地自言自语，滔滔不绝，这是她最享受的时候。他父亲的教堂在村子的尽头，坐落在山边。爬到教堂的塔顶，能看见整个巴拉顿湖。弗兰切斯卡的声音直抵塔尖。

在白堡做学生挺好的，那里只有他的同屋马尔茨会来烦他，不过他一示意，马尔茨就会马上安静下来。上大学、泡图书馆的时光也特别美好！日内瓦多安静啊，整座城市十点左右便完全沉寂了。若是还有哪扇窗子还透着光亮，那一定是有人在护理病人，或是某个学者在工作。肖巴特的窗有时会一直亮到黎明。教士认真研读摆在面前的书。这本书正是来自他父亲的书房，上面用紫色的墨水写着父亲的名字：马特·约翰纳斯，神学博士。他仿照父亲的签名方式，写下了：神学博士马特·伊斯特万。神学博士。如果能当上长老……

阿尔巴德提到花圈会用菖蒲做，不过，这种破东西怎么这么贵，在这上面花的每一分钱都是浪费。阿尔巴德带了三百福林。扬卡说，一百五十福林的就很漂亮了，不过，扬卡的话不能当真，她对每一件事物的看法都有偏差。这场葬礼花了两千福林。昆·拉斯洛有钱，就让他负担吧。

他喝了酒。酒是自家酿的，他在库恩山上有一小片葡萄园。葡萄酒不错：他总想喝，如果井里的是葡萄酒，他一定能把这口井喝干。他懂得欣赏葡萄酒的美味，但很长一段时间以来，他滴酒不沾：他只在免费供应酒水的地方才喝酒。学会拒绝入口的东西很重要；躺在床上时，他的口腔一直期待着新鲜的酸味，直到沉沉睡去，这样也不错。那时，多年轻啊！

他几乎只读自己的书，最常看的是布道类书籍，"圣三位一体"研究方面的材料和教会历史方面的书。这其中，最重要的是研读被译成多国语言的，伟大的加尔文的生平传记，他最喜欢品读加尔文的布道词、鼓舞人心的语句和他使用的措辞。每当星期五来临时,他总是感觉莫名的激动。他习惯在周五写周日的布道词。也许应该改掉这个习惯。昆·拉斯洛在塔尔巴区的教堂布道。这条卑贱的害虫!他做这些布道到底得了多少好处?对他的审判将必定不会来自上天,而是来自俗世。他明白,昆·拉斯洛不会站在他身边。昆·拉斯洛现在为他做的,供他住,供他吃,那是他在尽义务。一个神职人员的义务和作为人的责任。当年刚认识他时,他只是个一穷二白的少年,只是个说话迟钝、不善言辞的牧师!几年辛勤的工作把他打磨成了现在这个样子。他知道的一切,都是他教的;他的每一个动作,甚至撩动长袍、充满激情地翻动《圣经》的样子,都是他教的。这个自以为是的家伙,这个叛徒分子。为什么阿尔巴德不做教士?把这个教堂留给他,他才放心啊。

他抬起头。墙上挂着两幅画,都是他父亲的:穿着毛皮斗篷的加尔文和一幅精干的慈运理画像。地图是他的收藏品,画面呈现出粉红色,裱在细窄的黑框中被玻璃压出了些许褶皱。有时他会抬起头来,陷入沉思。思绪中,他漫步在罗纳河边,穿过勃朗桥走向卢梭岛,或是走在老城的某条小路上。岛上立着一尊卢梭像,那会让他生出一股无名之火。一定是因为雕像,这座愚蠢的雕像!他也不愿去看卢梭的故居,只是远远地瞧上一眼。卢梭,没人能理解他。他那么年轻,时年二十岁,思想却相当成熟。那时他才明白,那颗疯狂的大脑传递了多少有毒的思想。日内瓦。有一天夜里,月光洒满了狭窄的老街,洒向玲珑的塔尖和高耸的屋顶。他穿街过巷,跑上大学的楼梯,敲响了教室的门。肖巴特教授还在那里——他总是在那儿,晚上也在。尽管他沉默不语,干皱的脸上却神采飞扬。"巴拉顿湖①。"他对教授说着拉丁语。"据此看来,这不在乎那奔跑的,也不在乎那定义的,只在乎……"②肖巴特在他获得博士学位那年去世了。教区牧师和委员……③那天夜里,他哭了,靠在新教纪念碑圣波尼法爵雕像的肩上。"如果我当上了长老,"他对波尼法爵说,"你知道,如果我当上了长老……"他坚信自己一定能当上长老。

那孩子终于闭上了嘴,外面安静下来。他朝窗外瞟了一眼,看见苏苏在地上画画,还看见他岳母正睡得酣甜。他又喝起酒来。至少这能给他带来安宁,让他不用再关注戴琪夫人的说话声。跟那些画待在一起,她怎么

---

① 原文为拉丁语。
② 此处为匈牙利语,原文为拉丁语,出自《新约-罗马书》原文意思为:据此看来,这不在乎那定义的,也不在乎那奔跑的,只在乎发怜悯的神。
③ 原文为拉丁语。

能睡得着！她的衣服这么短！腿上还穿着丝袜。她的穿着打扮都是他付的钱，她也是用他的钱买的画。算算她都八十岁了。这个老妖精！

有意思的是，她特别喜欢大声嚷嚷，在家里、村子里都是这样。他很高兴不用再去看她，或是在街上驻足跟她聊天了。骗子。他应该意识到，她是个骗子。有一次，他在她那儿看见一本黄色封面的法文书，一本淫秽书籍。他问她在看什么，她当着他的面，在书桌底下换了另一本黄色封皮的书。但那是约卡伊的，还是本软封面的廉价约卡伊。她是怎么做到的？他太信任她了，而她却用恶毒的行动来回报他！他每月给她寄二百福林，她花得很痛快。她说话就像打机关枪，艾迪特却少言寡语。他喜欢艾迪特，就是因为她几乎不怎么开口。

在村子里，不是他的村子，而是他认识艾迪特的地方，那儿的湖面上有座小山丘。红色、松软的沙地里长着一些藤条。艾迪特就这么摇摆起来，十八岁的艾迪特就在这红色的沙土上摇摆起来！他从没见过如此沉默的姑娘，穿着白衣服，头发上绑着白丝带。谁也无法像她这样专注地沉默着。波尼法爵如此，但波尼法爵是男人，而且远在天边。

他向她求婚时，她慌忙跑开，双手捂着脑袋，脸色煞白，从耸立着教堂的山丘上跑了下去。她跑动时，茂密的金发散落下来，那样子就像是一个逃跑的仙女。艾迪特告诉他，她不爱他，但他不相信。弗兰切斯卡对什么都不以为然，听到什么都说不。他妹夫久利求婚时，她大哭起来，躲到阁楼里，大叫着让久利回家，说她不爱他，永远不想结婚。后来，她当然还是嫁了，三个月后，他也娶了她。他不小心看见弗兰切斯卡和丈夫在花园里亲吻，还特地去跟他们说了这事儿。老女人骗他说："她还年轻，没有生活经验，也没见识过男人。""我找的是生活伴侣。"他对老女人说。他并不想跟她继续纠缠，因为她并不爱他，他也不喜欢她杂乱无章的家。随处可见的法文书，墙上挂着花花绿绿的杂物，客人只能在各种可怕的画作之间踉跄前行；这些画不像别人家里的艺术品，连框都没镶，光秃秃地靠在墙边或架子上。

艾迪特转过身背对着他。姑娘面向窗户站着，注视着窗外的巴拉顿湖，以一种傲慢的姿态拒绝他。老女人来来回回地做他的思想工作，说她是因为害羞，她还是个孩子；艾迪特却只是沉默着。他喜欢不言不语的人。他盯着艾迪特缩在白色衬衫里的瘦窄的肩膀，想象着他坐在办公室里写东西，艾迪特在他身边忙着做针线活，不时地抬头看看他；他们每晚都握着彼此的双手，一起做睡前祷告。老女人走进厨房准备下午茶点，艾迪特回过身来，她的脸上淌满泪水。弗兰切斯卡动不动就哭，久利求婚时她也要哭。他吻了艾迪特。直到现在，这个吻还清晰地印在他的记忆中：他的嘴，在等待艾迪特的皮肤因落下的热泪而变得滚烫。可艾迪特的脸庞冰凉，泪水也是冰凉的。他娶了她。

塔卡罗·纳吉下午究竟要说什么？其实，他应该去找他，跟他谈谈，但昆·拉斯洛在负责这事儿，他在这座房子里已经没有话语权了。艾迪特的追悼会不应该选在装饰华丽的告别室，而应该在塔尔巴的教堂中举行。但昆·拉斯洛不明白这个道理，对他来说，这也是一次宣传的机会，盛大的宗教葬礼，是可以用来展示的工具；没人想到这是一种信仰。上帝啊，请不要让我品尝这杯苦酒！上帝啊，请阻止这股坏情绪在我的心中蔓延！他和艾迪特的婚礼上，老女人身边那个头上戴着狩猎帽，手指上套着族徽戒指，看上去挺让人反感的卡尔曼是谁？难道他发现了他们一直对他保守的秘密吗？要不是因为这个念头太过邪恶，他真以为这是岳母的情人。可他打消了疑虑。"不要论断人，免得你们被论断！"① 他没有任何证据。

塔卡罗·纳吉的布道比他贫乏得多。这确实是一项

---

① 《马太福音》7：1。

有趣的任务,要为一个精神失常的人致告别辞!写完信后,他的手抖了起来,他又为自己感到羞愧。"要保持心境平静!"他在送给艾迪特的赞美诗中写道。艾迪特只看了看,什么也没回应。现在,她是真的平静了,可她其实是会尖叫的。当他们来到这座城市时,高蒂站在大门口,看着他们从车上下来:"我的上帝啊,您太年轻,太漂亮了!这么安静,就像一只小羔羊!"他却像只老虎似的。他的身体,就像一具猎食者的身躯。他一辈子只见过一次她的身体,那是在他们快要离开那座房子的当天。他看见她时羞愧得连呼吸都快停止了。太美丽了!这种肮脏的思想究竟伴随了他多久?当然,那些不断涌现的画面,她的胴体都出现在她母亲的房子里,那些被诅咒的床单上。他带她离开来到自己家后,当他第一次打开卧室的门,意识到上帝保佑,终于不必再克制自己时,他感到了全身心的愉悦……他又喝起酒来。他每晚都要折腾艾迪特一番,将她征服。每天早晨她的身上满是抓痕,肩上青一块紫一块的,主人需要她伺候。

"你们要谨慎。若是你的弟兄得罪你,就劝诫他;他若懊悔,就饶恕他!"[1] 坐在花园里的这个老太婆,

---

[1] 《路加福音》17:3。

她幸福吗？这个把自己的疯子女儿嫁给他的戴琪夫人，究竟幸福吗？艾迪特呢？艾迪特幸福吗？假如肖巴特还活着……他曾经在信中跟他聊过宿命论。

扬卡说，最贵的花圈是一百五十福林。阿尔巴德那三百福林的花圈究竟会是什么样的？他想买双冬靴，已经攒了半年钱了。他没鞋子穿，只能穿那双旧的。新鞋子至少在雪地里不会让脚滑出来。你根本没法想象大平原上的雪！去年一整个冬天他都没出门去看艾迪特，因为他的鞋坏了，他又不想让昆·拉斯洛去帮他钉鞋底。不对，这是在撒谎。他根本不愿意出门，他受不了出门。阿尔巴德代他去看艾迪特。他说，他每两周去看她一次。这些医生真是太大意了！艾迪特的主治医生说，这两年来，阿尔巴德去看她四次都不到。医生从来不关心这些情况，但这个瘦高个的男孩还是很引人注目的。几乎所有的医生都是无神论者，还能对他们有什么期待呢？

这孩子在凳子上干什么？学习，她在学那些社会学教科书。天网恢恢，疏而不漏！如果他是长老，他会反抗到死的。他会像那些奴隶一样，在监牢中歌唱。"醒来吧，亲爱的锡安……"这些缺乏信仰、亵渎上帝的混蛋！他把扬卡嫁出去后就在心里生出了怀疑，但他只是将内心的抗拒深埋心底。他很高兴有人喜欢这姑娘。而且，大宅也需要他。那时，他还是塔尔巴区的牧师。从这儿，这所房子里找一个接替他的人岂不是更方便。哦，那关于和平的亵渎上帝的布道词！索多玛和蛾摩拉城都已毁灭，这座城市，要不是这儿的居民中还有几个正直的人，也应该一把火烧了，用地狱之火将它烧个精光！假如扬卡是个男孩……扬卡知道什么？她就像个影子。为什么他的妻子疯了，他却不能做长老？他岳母过着卑贱的日子，穿着透明的丝袜，留着一头大波浪般的长发，眼睑上抹着眼影。几十年不相往来的日子不能小觑。谁知道她在白堡的农村里都干了些什么？扬卡依赖她的丈夫。茹若娜是个笨蛋。每个女人都是蠢货。他从没爱过扬卡。

如果下午长老会的人不出现了，那就一定是昆·拉斯洛干的好事。大家都会替他难过，说些话安慰他。他一迈出大门，会长就会拥抱他："久未逢面，尊敬的先生！"他们也为艾迪特伤心，这都是些好人，很多事情都不必再提起。如果艾迪特还健在……如果他得到了帮助……如果有人能帮他……没有人帮他，只有肖巴特——他在日内瓦的学校里免费学了四年。那个总出现在艾迪特家的卡尔曼究竟是谁？

教授不想让他回家。"我向我的人民传达上帝的旨意！"他对他说。他若是待在日内瓦……茹若娜为什么又在玩土？跟她说了上百遍了，这样不卫生。

其实，他根本算不上有妻子，就像打了一辈子光棍。是艾迪特让他习惯了那些暴力行为。弗兰切斯卡是个可以说话的人，他既不讨厌她，也不讨厌雅诺什。但是，雅诺什不愿意学习，每次带回家的成绩总是很差，惹他生气。可怜的雅诺什备受病痛困扰，他很高兴不用再去大学受折磨了。他应该再去一次艾迈奇，自从弟媳过世，阿尔巴德被他带到这儿来了以后，他就再也没回去过。这个女人胸前挂着两颗硕大的乳房，涂着宽阔的红唇！真令人作呕。

是的，是艾迪特让他对那些暴力行为习以为常。艾迪特如此害怕他，他的每一次靠近，都意味着一番暴打。艾迪特唯一不怕的，只有约厄·米哈伊，这个坏家伙。上次，他远远地看见他，一副精神萎靡的样子，分明就是个流浪汉。冬季，如果在这个残酷的世界中还有人需要伯利恒布景①，他就动手做一些，挣点零花钱。

伯利恒。这时，他眼前清晰地浮现出安努诗卡四肢趴在地上，鼓起两侧面颊，用力吹着粘在伯利恒布景中的蜡烛的画面。他从来不允许在家里放置圣诞树，圣诞

---

① 用来表现耶稣基督出生故事的布景，因为故事发生在伯利恒，故称伯利恒布景。

节也从不给孩子们准备礼物。弗兰切斯卡没法理解这是为什么，但弗兰切斯卡就是个蠢货。这个愚蠢的教母送给安努诗卡一个戒指作为礼物，惹了不少麻烦，造成了太多不必要的紧张！还有那把银勺子！谁会用银勺子做受洗礼物？都是毫无用处，毫无意义，空洞的花哨玩意儿。如果他的生活能重新开始，那么今天他不会带任何礼物。他们给茹若娜弄来了一棵圣诞树，这是昆·拉斯洛的主意——他才不去亮灯聚会呢，他可受不了看到那番场景。昆·拉斯洛哪会知道日内瓦的圣诞节，真正的加尔文圣诞节是什么样的？蜡烛、糖果、玩偶？都是些荒唐的玩物。圣诞节是宗教的节日，又不是一场狂欢。

安努诗卡四肢着地，黑发垂在脸颊两侧，几乎快要触着火苗了；她正吹着蜡烛，米哈伊跪在她身后调整玛利亚、尤若夫和玛利亚怀中的小宝宝。他在小木屋中发现了他们，就把所有的小动物和整个伯利恒布景都丢到了火堆里。约厄·米哈伊也用纸带装饰圣诞树。他回想起那个圣诞节，安努诗卡最后还是拿回了那些小动物，只是两只手被黑炭弄得脏兮兮的。

因为戴琪夫人，他也要忍受约厄·米哈伊。没有艾迪特，就没有扬卡，也没有安努诗卡。安努诗卡谁的话都不听，只听米哈伊的。上帝只惩罚他爱的人。他非常爱她。

天气很热，往常的九月不是这样的。这会儿，他坐在这儿，像坐在废墟上的约伯一样，被崩塌的家庭围绕。艾迪特躺在棺材里，永远失去了一个孩子，另一个还在，但也跟没有一样，女婿因为政治出卖上帝。自己只剩下小阿尔巴德了，但阿尔巴德现在也不常跟自己在一起了。

肖巴特没有家人，他一辈子未婚。如果他还能再去一次日内瓦……但是，再也去不了了。二十九年前，他站在迪图尔的塑像前打开电报："生了个小姑娘。"又是个姑娘，不是儿子："脆弱的容器。"现在，艾迪特不在了，其实他再也不需要给岳母寄钱了，他们之间的亲属关系到此结束。她为什么要放弃一切，投身肖像画的创作？他回到家时，安努诗卡平静地躺在襁褓中。一个孩子为什么能带来邪恶？那就是原罪。没有任何东西能把这罪孽洗净，只有上帝的宽恕。

长老只比他年轻七岁，但是气色不佳，据说他有肝病。如果他病逝，是否就该轮到他女婿这种人上位了？万一情况有变，昆·拉斯洛上位，那么他在教会就会失去立足之地。他干过二十七年出版工作，如果愿意，还可以回去写作。

他不会再给戴琪夫人寄钱了，艾迪特已经走了。年长的教士们都没有参与和平教士运动。也许，假如他们联合起来……长老的肝病使他日渐衰弱……他还在硬撑着。今天，他还要打扫那间有失体面的小屋子，也许明天……今天会很艰难。这个满嘴谎言的老女人会怎么说呢？她保证会坐今晚的快车离开。塔卡罗·纳吉从来不精通编词排句。要是问他，他会选高尔·安道尔，因为高尔是从他那儿出去的，性情温和，做了一辈子老好人，直到现在的每周日布道，他还在用他的布道词。

如果安努诗卡是个男孩呢？……弗兰切斯卡口中的安努诗卡，究竟有几分真实？弗兰切斯卡总爱说别人坏话，自从守了寡后，她的嘴也越来越刻薄了。但对安努诗卡，除了坏话，还能说些什么？她这一辈子，什么时候做过恰逢时宜的正确事了？连她做的好事都有问题。他记得有一天他从葡萄园回家，扬卡哭着在大门边等他，安努诗卡从无花果园带回三户穷人来家里吃午餐。这些贼眉鼠眼、破衣烂衫的下等人在他的办公室门前晃悠，安努诗卡系着小围裙在切面包，抹黄油。好在他说了几句好话他们就离开了，还不至于拿棍棒来驱赶。"你自己说的！"安努诗卡抽泣着说，"上次不是你自己说的吗，要给饿肚子的人面包吃？"她拿上帝的话来反击他，他揍她时，她也用他自己的布道词来反驳他。我们要给饿肚子的人面包吃……当然，布道词中的确是这么写的。但把他们从无花果园里带回来……他感到一种莫名的恶心。安努诗卡又将来到他身边，比起艾迪特，他更不愿想起她：安努诗卡手里握着铅笔，永远顶着一头蓬乱的黑发。直到今天，她在周日教会学校放学后送给穷人的那些银质蜡烛台还萦绕在他的脑海中。他并非舍不得那些银子；银子算什么，只是些华而不实的东西——但他如此恼火，都是因为……艾迪特疯了，这个女儿多多少少也像个精神有问题的人。

还是不要因为邀请安努诗卡和岳母来参加葬礼，而在上帝面前自责了。"婊子。"他自言自语道，万分惊讶于这个词竟能如此自然地脱口而出。那老女人是这样，那小姑娘也是如此。弗兰切斯卡在餐馆里看见她跟某个男人共享一盘食物。就是二十岁的大姑娘，该打也要打，而她的反应却是从父亲的庇护下逃走。从那以后，她再也没给他写过一封信，连一行忏悔的文字，一封写着"爸爸，我反抗了上帝和您，请您原谅"的该死的信都没有。什么都没有，什么都没有，似乎在传达着孑然孤立、无欲无求的信号。也许她再也不上教堂了，只知道整天画呀，画呀——那是她唯一有耐心、喜欢干的事情。科琳娜，忧郁的艾迪特究竟从哪儿听来这个名字的？

她要是真来了，那么他就在这儿；如果他在这儿，她就会去无花果园。他惊讶于自己丰沛的情感：他真的如此憎恨约厄·米哈伊？他想象着，就是现在，安努诗卡第一站去的是爱国路找安如聊天，他想象着她拨弄头发，洗杯子，到处乱窜的样子——他的嘴里回味着葡萄酒的苦涩。大腿摔断那阵，他必须打着石膏躺好几个月，扬卡一碰他，他就疼得不行。阿尔帕德卡①对他很不错，是这个世界上最可爱的灵魂，但那时，这个小可怜总是要学习，从来没时间陪他，每次都只能抽出几分钟时间。安努诗卡倒是总在身边，没日没夜地陪着。地板吱嘎作响，比老鼠跑过办公室时发出的声响大不了多少，她就那样光着脚，穿着睡衣，站在那儿；虽然需要穿过漆黑的院子，但她从不带蜡烛，因为小时候她什么都不怕。她连裤子都不穿，最喜欢半光着到处溜达，他躺在床上都想揍她一顿——带着石膏想打人真是不太容易啊！但她每晚都光着脚过来，穿着那样的睡裙，小心翼翼地打开房门，悄悄溜进来，弯下腰问他："你不害怕吗，爸爸？"真不检点。同时，他也不知道为什么会回答不害怕，也许正是因为上帝注视着他。"那就好，"她马上答道，"那我就不用再来了。"她光着脚丫蹦跳着离开了。

---

① 阿尔巴德的一个小名。

长老得了肝病。本来他能成为一个很好的长老。如果能再去一次日内瓦就好了。也许他并不像自己想的那么健康，他的耳朵总在嗡嗡作响，现在还有些眩晕感。但上帝注视着他。上帝宽恕他吧，如今要说出口并非易事。

安努诗卡踏上了那条被诅咒的大街。弗兰切斯卡虽口舌刻薄，内心却清澈纯洁：她负责迎来送往。可怜的艾迪特也是如此，可她什么都不懂，什么都做不了。阿尔巴德很善良，扬卡很单纯，茹若娜则两者兼备，从心底来讲，他希望她也是这样。昆·拉斯洛会遭到报应的，安努诗卡也一样。不会得到怜悯。九年来，钢琴再也没在耶稣受难日那天奏响，再也没人在家里尖叫，没人用画笔在家具上乱涂乱画；再也没有下流书本，没人在大宅里歇斯底里地怨天怨地了。昆·拉斯洛是个大坏蛋，但他是另一种坏。算了，这两个人都会被诅咒，下地狱。上帝的愤怒是永恒的。

艾迪特的葬礼在下午举行。现在不用去看她，而且从此以后，他再也不用给岳母寄钱了。假如她把戒指卖掉，也许还能买双棉鞋。不过戒指很适合她。

十点，就快到中午了。三点会见到安努诗卡。弗兰切斯卡说："不许跟她说话。"但他比弗兰切斯卡更精通这种事，他清楚该如何对付罪孽。因为绊倒人的事是免不了的，但那绊倒人的有祸了①，可主会原谅走上歧途的罪人。如果他为她的罪孽感到心痛或是为她祈祷，就会依照上帝的法则和要求原谅她。当然，她是不可能回头的，也不可能住在这儿，连一个晚上都没法待——这儿也没地方让她待，顶多让高蒂在他的办公室旁边把她的铁床支出来。女婿不会允许他在这个问题上有这种念头。他会原谅她的，不过，姑娘，还是从这儿离开吧。安努诗卡究竟对昆·拉斯洛做了什么，让他如此记恨她？

---

① 此节完整的内容为："这世界有祸了！因为将人绊倒；绊倒人的事是免不了的，但那绊倒人的有祸了！"（《马太福音》18：7）《丁道尔圣经注释》将此节解释为：这世界作为一个整体是有祸了，而其中的每个信徒又各有自己的不幸，因为他们的生活中绊倒人的事是免不了的。但是，使别人跌倒的人并不能因这个事实的存在而推卸自己的责任——对他们还有更大的祸事。

第八章

盖尔盖伊没在家。昆·拉斯洛知道，这样的时候他一定是在山的那一边忙着：村里来的板车到了。盖尔盖伊只会在中午时分回家，做卸货的准备。不过，要是家里有什么事情，他就会马上回来。今天早上，歪戴着蒜头般的无檐高帽的盖尔盖伊忍不住站在篱笆的另一边询问起逝者的情况。

内梅特·久尔卡只说道："很安静、很祥和！"不用医生说也知道。他并不是因为觉得盖尔盖伊是个合适的倾诉对象才跟他聊天，只是因为他们的果园需要盖尔盖伊照料。这个盖尔盖伊也是安如介绍给他们的，要不是安如被赶出了大宅，他们也不会落得现在要请邻居来照料葡萄园的局面。这样还能有些收成，盖尔盖伊会种葡萄，修剪树枝也拿手，他打理后的果园里，现在还有一些水果呢。

昆·拉斯洛四下环顾了一圈。李子树上挂着嫁接的麝香葡萄，冬天收获的苹果现在已开始泛红了。梨子尚未成熟，桃子也没到时候，葡萄还是酸的。日照不够。是否有人发现他从钥匙板上取下了果园的钥匙？

他推开门。单薄的鞋子陷进稀薄的沙土中。很久以前，一排砖墙一直延伸到门边，战争时砖墙被推倒，如今应该重新在柔软的犁沟上建起来。他关上果园大门，走上小山顶，那儿巴掌大的一块地上立着四根柱子，上面铺着木瓦屋顶，底下有一座小小的开放式炉灶。这个没被破坏掉，因为安如用砖块加固过。战争前，他们会上这儿来烤香肠，遇到雷阵雨，他们就能在亭子里躲雨。

昆·拉斯洛打开药瓶，从井里吊上来一点水，用安如雕的木杯子从水桶里量出一点。木杯子用一根细链子固定在绳子上。十年前，水桶被士兵拿走了——那是只新水桶——没人想要杯子。他第一次见到教士一家时，扬卡就是用这个杯子喝的水，她放下水杯后，小心翼翼地用红条纹抹布擦了擦。他吞下药片，药没什么味道。坐下，脱下鞋，倒出鞋里的沙子。库恩山是这座城里的制高点，能看见山下国道上内梅特·久尔卡的车子消失在弯道处。

昨天晚餐时他决定要去看医生。心跳快得让他没法顺畅呼吸，这样的病情已经持续有一阵了。扬卡哄茹若娜睡觉时，他给医生打了电话，今天早上八点左右就去了,大概检查了一个小时。奇怪的是,所有的结果都很正常,量了血压,拍了 X 光,手臂、腿部也都做了触摸式检查。他盯着心脏跳动画出的曲折线,一动不动地躺在床上,什么问题都没问,只是呆呆地注视着褪到脚踝处的袜子,他发现,袜子下的皮肤真白啊。医生说,这是心理作用;失眠、与日俱增的暴躁脾气和急剧加快的心跳节奏,都可以归因于他的心理原因。另外,如果他觉得比往常烦躁,也可以归结为繁重的工作、沉闷的家庭环境、家人逝世引起的伤痛等。

昆·拉斯洛差点笑出来。不过无所谓,只要给他开镇静剂就行了。他还从来没服用过神经镇静剂,希望身体能有比较明显的反应。只要心脏别再跳得那么快,保持心率稳定,在整个葬礼期间能够控制住面部表情他就满足了。"一日三次,每次一片!"内梅特·久尔卡说。医生总是很好说话,昆·拉斯洛让他在去医院的半道上拐到库恩山来。他谎称要跟盖尔盖伊说点事。也许一日三次,每次一片对他来说有点少了。他又吞了一片下肚。

山顶视野开阔,能望到很远处。视线的边界有两道平行的半圆形光带在闪烁:那是蒂萨河和河边的冷杉树林。这儿风平浪静,但河边却可能起了大风,因为冷杉树林已经不是绿色,而是银色的了,河水在树林边泛成了黄色,就像黄铜。城里的烟囱升起袅袅炊烟,大烟囱、小烟囱,一个连一个地喷着,工厂的烟囱冒的是黑烟,住家的则都是白烟。这座城里,总有人在做饭,整天都是。这个城市永远无法接受加工食品,妇人们端着手工制作的大碗,面露羞色地在刷子厂门口转悠,等工厂午休时她们就把家里做好的食物从大门外递进去。塔尔巴也在冒烟,尽管从这儿没法用肉眼看见大宅,但他知道,那儿也在生着火,扬卡在厨房里忙碌着。山下就是无花果园,但他把眼睛挪了开去。

心跳慢下来,他把腰靠在一根柱子上。几个月前他就觉得不舒服,睡眠质量越来越差,也比从前更难清醒。最近几周布道时他都很紧张,有那么一刻,他甚至觉得自己连布道都没法做,早就该去看医生了。当然,他如此不惜命是有原因的:要是扁桃体发炎或是手指溃烂,根本不用躲着医生,怕他们问些难以启齿的问题。幸亏医生最后什么也没问。他很庆幸,春天以来,大大小小的心律不齐他感觉到了好几次。他要是对医生说,昨天晚上差点杀了扬卡,不知医生会做何反应?

他没法再继续坐着了,就走到犁沟中间,鞋子又陷入松软的泥土里。有一次,那还是去年冬天,他收到一封恐吓信。信上没有落款,这个匿名者威胁要把他吊死,还要挖出他的心脏。信里说,像他这种出卖上帝,令祖国蒙羞的坏蛋,只能落得这种下场。那时,他一点都不生气,而是把它和这些年来其他的匿名信件一块儿撂在一边。但今晚,当扬卡睡在他身边时,这几行字却异常清晰地浮现在他脑海中,他想象着,如果用一把菜刀把扬卡的心挖出来,再把她从房间运出去,吊到她父亲办公室窗前的柳树上会怎样。太恐怖了,他哭着想甩开这个想法,激动得透不过气来,但也不敢走出房间:他怕万一吵醒了茹若娜。

最好能把天杀的孤儿赶走。这还不够,就是因为那老家伙的原因,他没法留在教堂中,但孤儿却仍占据着一间房。早就该让茹若娜去自己睡了。

"在上有权柄的,人人当顺服他,因为没有权柄不是出于神的。凡掌权的都是神所命。所以,抗拒掌权的就是抗拒神的命;抗拒的必自取刑罚。"① 使徒保罗写得再清晰不过了。他收到过不计其数的匿名信!尽管写吧!上帝宽恕他们吧,有时他发现,有些信里的字母是从报纸的文章里剪下来拼贴起来的。"这样一份恐怖的诅咒中却饱含着如此聪慧的才智和无限的精力,"他岳父写道。这种愚蠢实在令人扼腕。他言必称之的波尼法爵·吉梅尔,首先在卢塞恩签署了和平协约的。这是昨

---

① 《罗马书》13:1,2。

天他在《和平自由报》上看到的,要不是头疼得厉害,他会把这份报纸从委员会带回家给老头子看的。就让他再高兴一会儿吧,他马上就该哭着去酗酒了。"变节者波尼法爵"。保罗的篇章绝不会出现偏误!为什么要这么解释?他想干什么?把教会,把耶稣的教会毁了?人类究竟是怎么了?当他对真理没有绝对把握时,是绝不会动嘴、动笔的。上帝的权力无边,现如今,他只信任由党来领导这个国家。教堂依然开放,还能为大众洗礼、分发圣餐,党员们同样也需要和平。而不愿看到和平的人,分明就是想挑起战争。他再也不愿回到战争状态了!再也不要!

昨晚他的身体灼热似火。扬卡终于停止了哭泣,也不再抱怨累得筋疲力尽,她没洗太多东西,也没有熨烫衣物,没搞大扫除,眼泪也终于不再落下。女主人死后,宅子里终于艰难地恢复了日常作息。他就像一个终于回家的落难者一样,紧紧地抱住扬卡。房间里漆黑一片,看不见她的脸,只能感受到她双肩的起伏和她干燥、柔软的皮肤。她熟悉的肩背线条让他心痛。昨晚,他的体内在熊熊燃烧,即使最汹涌的波涛也无法将它浇灭!扬卡一刻都不让他安静,他连喘口气的机会都没有。她从他的臂弯中钻出来问道:"黑鞋子不挤脚吗?如果挤,我就让他们在葬礼前把它撑一下。"他没回答,嗓子里塞着些不该说出口的脏话和从安如那儿听来的咒骂,但他说不出口,只在脑子里转了转,便安静了下来。菜刀就躺在厨房桌子的抽屉里,离卧室很远。假如菜刀就在床头柜的抽屉里,那他肯定会杀了扬卡。

他吃掉两颗李子。早上只喝了茶,他起得很早,就是希望别碰上那个老女人,不然还得跟她说话。昨天晚餐时他就觉得她很讨厌。昨天的那顿晚餐!他岳父坐在主座——在这座大宅子里,他的岳父永远坐在主座,扬卡坐在桌尾,他就像个客人那样,坐在岳父的左侧,怎么会这样!昨天,他们把他安排在老夫人的身边,对面是茹若娜和孤儿。这还让他怎么吃得下饭?他从嗓子,而不是胃里感受到了阵阵痉挛,可能也是心理作用,这时,他无法吞咽嘴里的食物。昨天下午跟长老一起喝酒时,他也突然有了这种感觉,一下就把酒吐在了桌子上,因为他实在吞不下去。他从科尔托街回旅馆时,像个孕妇似的,连胆汁都快吐出来了。

昨天,长老特别烦躁、多疑。"你为什么不能马上表态?"长老紧张地问道,他的脸上露出若有所思、欲言又止的表情。长老秘书后来也偷偷地告诉他,长老认为自己有可能因为政治原因被拉下马。混账,连他们都不能畅所欲言。他还是相信长老是依着最神圣的信仰在行事,也希望长老的确如此。当然,他们在谈话中提及这座佩斯的教堂并没有承担政治任务。他们还配有汽车,也能自由出国。要是他也像岳父那样,能自然而优雅地说着法语就好了,老头的德语和英语也很流利。

他三年前来佩斯时,无意中经过这座教堂。门前的树、整栋建筑和建筑前的柏油马路实在令人震撼!如果战争爆发,这一切也将被摧毁。千万别打仗!茹若娜要在和平的环境中成长啊。他很想上佩斯。佩斯的教堂只是他个人发展中的第一步,最后他的目标是入主泛多瑙河教区。扬卡该觉得别扭了,她害怕大都市,情愿留在这儿?简直是个蠢货。如果他们能离开这儿,就能撇下老家伙和阿尔巴德了。"我打发到你们中间的大军……那些年所吃的,我要补还你们。"① 主说。他也应该大量地补偿他们。但上帝是宽容的。

他该怎么办?今天就该离开这儿,只是还没跟安努诗卡谈过,他没法给长老最终的答复。原本今天可以去旅馆里找她,但年迈的门房认识他,而且也许还能在别处见到安努诗卡。他不能就这么像个陌生人似的去跟她谈。如果等葬礼结束后还没能跟她碰面,再邀请她来祈祷室,他们可以在那儿从容地谈话。他对岳父说,他会考虑清楚到底是要谴责她还是要她说明过去这些年来的

---

① 《约珥书》2:25。

情况。老头子连这事都不敢反对。不,他们也不能在祈祷室里谈。完全不可能。他该怎么办?等她来了再说吧,她这会儿还在爱国路上安如的家里。全城的人都认识他,他可不能去无花果园。但要是她接到电报却没有出现,该怎么办?如果他们根本见不上面,又该怎么办?

如果他没法跟她谈,就应该拒绝长老。如果他没法说服安努诗卡搬到别的城市去,他是绝对不可能去佩斯的。佩斯很大,但还没大到能让他们避而不见的地步。主挑选安努诗卡作为被诅咒的人,而他则是个被赐福的人;他相信,如果能克服自己的坏脾气,就一定能成功。好吧,他们中有一人被诅咒了,另一个则受到了上帝的眷顾:他无法与安努诗卡一同分享这福分。

在发出电报后的第二天,他又寄出了快递,她肯定收到了。她的房门上有两个名字,一个是她自己的,另一个是个男人的名字。他应该问一下房东这男人是谁。万一不是她丈夫呢?是丈夫如何,不是丈夫又如何呢。她应该也能感觉到,在家里碰面之前,两人应该谈一谈。

这种事还是不方便询问房东。

匿名信?难道这些愚蠢的人们一点都不明白,共产党也不想要战争吗?每个人都应该把心底最真诚的话说出来，外国人远在天边，怎能看得清事物的本质。能生活在和平时期，哪个神经不正常的人又会选择战争呢。父亲说，这都是些无稽之谈，一旦时机成熟，只要利益需要，他们也能把话反着说圆了，父亲一定是疯了、变质了。他们不是骗子。他们是真的希望和平的，死亡也会给他们带来伤痛。不，不，不要战争！

他想起围城的最后一夜，还有孤儿在门上画十字架的那个早上，岳父就像个醉酒的演员一样，躺在沙沙作响的绸缎里，身边摆着圣餐仪式上用的水壶迎接俄国人的到来。高蒂整个人都蜷在地板上瑟瑟发抖，扬卡那时已经订了婚，脸上沾满了灰；高蒂用黑头巾扎着头发，看上去像个老太婆，又因为羞愧而开始反胃。他们感到恐惧，慈悲的上帝！狡黠愤世的青年吹着口哨四处打劫，最终还是找到了自己的位置！难道要让一切重演？那些恐怖的夜晚？他也害怕，只不过他始终在几个房间里转悠着，天空被烧成了血红色。安如这个老家伙，几天前就躲在无花果园里当起了缩头乌龟。如果他能在离开的那天晚上回来，就不用跟俄国人一起回家，也许一切就都不一样了。但安如在炮火冲天的时候，潇洒地走上街，就像去市场办事一样。他就那么出了门，因为安努诗卡在为她的画伤心，那些画都放在安如的无花果园里。岳父受不了那些画放在家里。"我给你拿回来，别哭了!"安如说,好像这两幅扭捏作态的草稿很重要似的。安努诗卡起先高兴地唱着歌,炮火声中根本听不清她唱的歌词。但安如晚上也没回来,好几天都没他的消息,她的兴头也就减了下来。她坐在大宅地窖的防空洞里,两手捂着耳朵想与炮火声隔离开。那时又换成了机枪攻击,孤儿从隔壁带来的消息着实吓到了扬卡。扬卡的脸色在黑色头巾下越发显得惨白。"有什么可怕的,你们这些懦夫!"岳父恼了,"主会保佑他的选民!"他差点儿就要揍两个姑娘和高蒂了。他发起火来特别可怕,别人只能感受到对他的惧怕,却感受不到近处的上帝和头顶的主的怜悯。

这儿,就在这儿,曾经立着一棵酸樱桃树。那是安努诗卡的酸樱桃树,是她让安如种的。第三年就冻死了。现在还有痕迹,盖尔盖伊把它的根挖了出来。安努诗卡经常站在树底下,双手环抱树干把脸贴在光滑的红色树皮上嗅着,说道:"好香啊。"安如是个罪人,他逃去了无花果园。孤儿也有罪,他带回那条可怕的消息到底是什么。高蒂有罪,她就知道在那儿噼啪烧柴,取出柴灰给扬卡抹上,看着就恶心。安努诗卡打落了她手里装柴灰的盘子。

最后一个晚上,外面的声音平息下来,比起之前连天的炮火、爆炸和机枪的喧嚣,寂静更让人恐惧。"俄国人的马都装着铁蹄。"安如说。安努诗卡爬上阁楼从小窗子里往街上窥探,但什么都看不见,只看见燃着的老磨坊和北边的战线。他们已经三天没沾床了。扬卡在地下室里,靠在高蒂的肩上打盹儿;阿尔巴德和老头子互相偎偎着歪在办公室里。"都给我去睡觉!"岳父怒吼道,"主在看着呢!你们都给我去祈祷!"那时,他往后走到祈祷室里,想象着是否要像岳父那样披上斗篷,躺在贵妃榻上。不过他马上就觉得这样挺羞耻的,就也没去穿斗篷。不,再也不要有战争!还有几个小时?黑夜已经逝去,蜡烛只剩下半截,最后一次爆炸以来,已经断电两周了。他坐在床边,脱下鞋,像往常一样,每当发生点什么特别的事,他都会觉得反胃。接着,蜡烛熄了,他吹了吹飘出的蜡烛烟。安努诗卡站在半开着的门边,进来时把钥匙插到锁眼里,锁上了门。

不,不,不,不要战争。他不希望茹若娜习惯过上节衣缩食,从阁楼的窗口往外眺望是否有陌生人或者装着铁蹄的战马从街上走来的胆战心惊的日子!"跟上思路,你们这群头脑简单的家伙,你们这些笨蛋,都给我动起脑子来!"教士说道。"心中智慧的,必受命令;口里愚妄的,必致倾倒。"① 他不会离开茹若娜,不会

---

① 《圣经·箴言》10:8。

离开自己的祖国，这个国家也不会放弃教会。这世界需要和平，如果这就是他要付出的代价，那么他甘愿去承受。上帝能透视人心。逝去的为什么是岳母这样不幸的疯子，而不是他的恶棍岳父？

科尔托街九十七号。他要把这封春天时写的信寄走。如果现在交到她手里，就会很可笑。可即便他不这么做，她也应该知道。他去邮局寄信的路上，在齐德尔街口碰见了孤儿，之后他再没能鼓起勇气把信投进邮筒了。第二天他就后悔了。现在这封信还没寄走，要是没看见这封信，那么另一封快件会让她摸不着头脑。扬卡究竟会怎么想，存折上的一千二百福林去了哪里，他连招呼都不打一声就取了出来。为了知道安努诗卡住在哪儿，他花了这么多钱，该怎么跟她说呢？如果他告诉她，这已经是他第三年去科尔托街了，那房子就在这条街上，他在那儿看见了安努诗卡的名字，看见安努诗卡出门就跳上一辆汽车，如果把这些都告诉扬卡，她会怎么想？她身边牵着一条杂种狗，光溜溜的手臂上挎着一个小篮子，绿色凉鞋里探出的脚趾甲上涂着红色指甲油。

他一直站在园子里，转过脸来，这儿曾经立着那棵酸樱桃树。他一直很恨她、怕她，怕她的言语，怕她眉目间流转的风情，也怕她的冰雪聪明，那会让他感觉自己说出的话漏洞百出。而她令人厌烦的窃笑也让他坚信着不可辩驳的一切变得无足轻重。他恨她那头四散飞翘的黑发，她从不像扬卡那样把头发梳齐抚平，他恨她的画作、她的声音，还有她在他们的订婚仪式上跟他握过的手和她有力的小拳头。那是一个空袭来临的夏日，弗兰切斯卡姑姑一听到警报声撒腿就跑，桌上还留着奶油热可可。安努诗卡说："祝你们幸福……"他真想揍她。若是没有围城的最后一晚，也许直到今天他也不会知道，安努诗卡是这个世界上他曾唯一爱过的女人。

　　该上哪儿去找她呢？她一定收到信了，可为什么不出现呢？她应该离开佩斯，对她来说，不管拖鞋是哪儿产的，篮筐是哪儿编的，灯罩是在哪儿画的，都没什么关系。每个大城市都有艺术品商店，她可以靠自己创作的小玩意儿养活自己。她应该想得明白这个道理，应该主动离开佩斯，为了扬卡，为了茹若娜，也为了跟她一起住在科尔托街上的索莫迪·亚当，她应该离开。那人是谁？是她的爱人？她的丈夫？——他要是看见他俩在一起，或是在剧院里偶遇彼此，又或者在街上……

　　他觉得自己快流泪了。他回到井边，用木杯子舀了点水，又吞下一颗药片。回城里的路还很长，最好能赶回家吃午餐。上山时，他有信心安努诗卡不久就会出现。但现在，他不那么确定了。万一她不现身呢？

每当他提起佩斯，扬卡的嘴里就开始叨叨些蠢话，说她离不开塔尔巴，首都很陌生，不习惯……他并不理会。扬卡是否喜欢住在佩斯难道很重要吗？大宅里也有车库。长老的浴室非常壮观，而不是一个因为只有一口浴缸而遭人嘲笑为洗衣房的小地方。

……蜡烛熄灭了，只有月亮明晃晃的。安努诗卡站在门边，她转了一下钥匙，锁上了门。她站在月光下，皮肤仿佛被晕成了蓝色，头发还像她十三岁时一样，那是她第一次见到他时的模样。现在她十九了。他穿着拖鞋，赤裸的脚踝在月光下也变成了蓝色。"害怕吗？"他用一种从未感受过的幸福口吻问道，安努诗卡很害怕，但他却异常平静；他从没见过安努诗卡害怕的样子，可现在她怕了。"你怕死吗？"他轻声问她，安努诗卡摇摇头，又向他靠近一步。他站起身，等着安努诗卡像往常一样后退。有人靠近她时，她会受不了，他等着她后退，这是她的身体做出的无意识反应——安努诗卡没办法坐电车，如果要她从熙攘的人群中挤过，她会哭的。她讨厌陌生人的靠近。"我怕士兵……"安努诗卡说，她注视着他的眼睛，开始动手解扣子。她穿着一件红衣服，扣子扣得整整齐齐。她从衣服里走出来，那就像一个梦。他有种大喊出声的冲动，手里划着火柴，却被安努诗卡夺了过去。讽刺的是,床就在他们身后。安努诗卡的嘴很干,没有回应他的吻,他用手搂住她的背,沁凉如冰。

直到只剩他自己时,他陷在沾满了安努诗卡味道的枕头里不停地打战。他组织着语言,设计着该如何向长老描述自己如何询问扬卡的意见,又该如何安排安努诗卡去乡下,让她适应农村生活和那儿落后的民俗……快天亮时,有人在敲大门。高蒂在地下室里尖叫,爸爸紧紧抱着圣餐水壶,面色煞白地站在露台上。阿尔巴德候在他身边,手里攥着他的斗篷,扬卡,不用猜也知道,准是跟高蒂大娘躲在地下室里,只不过早就听不到她悲惨兮兮的呻吟声了。他跑出房间找安努诗卡,想保护她,可他觉得自己马上就要吐了。他没法去开门,没力气推开门闩。

这时,安努诗卡走了过来,还穿着昨晚的那身红衣服,她跑到门边帮他开门。四个俄国人走进来盯着安努诗卡。其中一个冲上来,每人手里都握着步枪。"你叫什么名字?"第一个人喊道。"你喊什么?"安努诗卡说,"这儿又没人是聋子。"士兵们面面相觑,其中一个发现了岳父,走到他面前,仔细打量了他一番,接着就大笑起来。第三个人也朝他走去,清空了他的口袋,那里面除了一张《新合作社报》,什么也没有。第四个人一直盯着安努诗卡，抓住她的手腕。安努诗卡扭过手腕，朝士兵挥去。"快给我走开！"她说着转身进了厨房。士兵怪笑起来，说了些什么，其他人也笑了，第一个士兵把扬卡和高蒂从地窖里带了出来，她的膝盖马上吸引了所有在场者的注意，晨光下才发现，扬卡怎么成了这样一幅落魄巫婆的形象。接着，第二个士兵又朝岳父走去，握住他的手吻了一下，又吻了吻他的脸颊，左边一下，右边一下，然后在胸前画了个十字。岳父高举起水壶向他们致意："上帝宽恕你们，保佑你们平安！"他的声音很沉闷。俄国人在台阶上坐下，递给孤儿一颗糖。

安如下午时分回来的，他从容地穿过大门，像是刚从邻居索瓦格家串门回来一样。他的额头受了伤，跟把门的卫兵张牙舞爪地对喊起来，直到安努诗卡跑出来，她才把卫兵推到一边，把安如和她的画从大门外领了进来。安如又饿又累，安努诗卡去给他做浓汤。昆·拉斯洛跟着她走进厨房。他站在她身后——前一晚以后，他们一分钟都没有独处过。他碰了碰她的肩膀，她转过身。这时，他看见她哭了，脸上挂满泪水。安努诗卡转过身张开嘴，用刚才跟士兵说话的口吻说："快走开！"

他被突如其来的困乏拉回了思绪，情愿一直躺在这条柔软的犁沟里。他的头陷在沙土中。他若是一直待在这儿，不去走走，一定会睡着的。他在水桶里洗了把脸，稍清醒了些。再等一小时。如果这期间什么都没发生，他就该回城了，要不就会错过午餐。这药劲儿真大，他都快晕过去了；他很清楚，自己对刚才回忆的那些事儿早已麻木，那一切仿佛都发生在数千年前别人的身上，他再也不觉得羞愧、痛苦了。"荡妇，"他就事论事地说道，却还是觉得很奇怪，另一个亲昵的词又钻入了他的脑海。他靠在门边，朝无花果园的方向望去。她要是上来，应该会走这条路。

第九章

安如什么都知道。安努诗卡猜,他应该都是从高蒂大娘那儿听来的。孩提时她就觉得奇怪,为什么两姐妹中只有高蒂得到了安如的友谊,而不是可爱、聪明的罗西卡;她总也不明白。打安努诗卡九岁以后,这是她第一次听别人说起自己家的事。她还住在德尔科维奇街的时候,有一次艾娃来看她,但关于塔尔巴的情况她一句都没提;她们聊起作坊和崔科尔家的事,自从她们离开那里后,那儿一张画都没留下。艾娃揣着一份假证件就上了佩斯,她不敢把相册带在身边。她们在一起喝茶,情至深处,心情沉重地拥抱着对方,为耶诺和崔科尔大娘哭泣。安努诗卡想为她画耶诺和画室,还要再画一幅坐在沙龙里的崔科尔大娘。她没有问起大宅的情况,艾娃也没提——安努诗卡觉得,她不提是有原因的,不光是因为她生性敏感,还有其他因素。

她只了解昆·拉斯洛的情况。她在报纸上看到过他,有一次圣伊斯特万节时,她还在广播里听到了他的谈话，甚至在那年夏天，他们去久梅尔特采西红柿时，她还在一个用画报叠成的纸袋上看到过他的照片。她想做西红柿沙拉，但最后并没动手。亚当却很兴奋，一回家就翻起了冰箱。她只把装着西红柿的纸袋扔在桌上就带着古斯塔夫散步去了。古斯塔夫高兴地乱蹦乱跳，因为这不是平常出去遛弯的时间，安奴诗卡一般会在这个时候做饭，它就躺在外面的花园里，一点意思都没有。最多亚当会在这时从迪安娜路上走进来。古斯塔夫能够极其敏锐地感知亚当的到来，每次都先于安努诗卡。每当这时，它就会愉悦地低吼着提醒邻居们：索莫迪回来了，离这儿只有几步之遥，马上就到家了。如果还没看到他，就让你们家的狗用鼻子和耳朵去感应吧。

　　他们在斯瓦布山上足足溜达了一个半小时，起先古斯塔夫在她身边跑来跳去的，后来又去追鼹鼠和小鸟，半小时后就安静了下来，只静静地走在她身边，不时抬眼看看她：它感觉有事发生，便寸步不离安努诗卡了。安努诗卡闻到了汤的味道，是香菜籽汤的味道。像安如一样，这也是她最钟爱的一道菜。她的胃开始剧烈蠕动起来，她饿极了。古斯塔夫在前面跑，她在后面跟着，亚当正好关掉煤气。微焦的土豆片在烤盘里噼啪直响，旁边还支棱出一块鹅腿。亚当在滤汤，桌上摆着西红柿沙拉。

安努诗卡坐到餐桌边，迫不及待地抓了一块土豆，吹都不吹，直接塞进了嘴里。亚当吹着口哨，两人都没有做声。她咽下一块土豆，猛然抬头看了一眼：厨房墙上挂着的木板上贴着一张撕碎的照片。照片上，昆·拉斯洛坐在大宅院子里亚松的凳子上，手里拿着书，身边是扬卡，但只能看见她的头发。她低垂着脸盯着手上的针线活，他们之间坐着一个瞪着眼睛的长腿小孩儿。院子尽头立着安如的小屋，照片的上部，是塔尔巴教堂的塔尖和教堂边的步道，童年时，安努诗卡总在那儿朝步道上吐樱桃核儿。

木板上方写着几个红色的花体字：墙报。粘在木板上的照片落在天平左端高高翘起的秤盘中，天平的右臂恰好连上木板的右侧边缘，秤盘里坐着的小狗古斯塔夫，显然比教堂那端沉重得多。古斯塔夫的嘴里叼着一支刷子。亚当保留了照片上的解说文字："昆·拉斯洛，真正怀有和平信念的塔尔巴区教士。"天平下方，几个硕大的不规则字母写着："我爱你。"古斯塔夫很兴奋，亚当连看都没看一眼安努诗卡，就端着晚餐径直往工作室走去。她像个孩子似的用手臂环住他的脖子挂在他身后。亚当像挂了个口袋似的把她背在身上。古斯塔夫跳着叫着，亚当一直没说话，他把香菜籽汤放在桌上。安努诗卡放开了脖子，落到地上。两人开始一起吃饭。亚当提起新的画作和照片,安努诗卡则聊着古斯塔夫和越来越贵的西红柿,她发现,塔尔巴已经成了过去式,不再是她心里的痛了。

她问的第一句话就是亚松。"狗还活着吗?"她几乎说不出话来,心痛不已。安如看着她,下巴朝喇叭花丛的方向探了探,才发现那儿有座被白色大石块圈起来的小小的圆形坟墓,坟前立着一根只有大约十厘米长的雕花木棍子。她用手遮着眼睛,抬眼往库恩山上看去。以前那儿是葡萄园,昆·拉斯洛正在那儿等着她,等吧,一直等到审判日吧。打开信封的不是她,而是亚当,她不想经手这封信,只想知道内容,亚当把信读给她听,她什么都没说。

安如开始轻声唱起一首关于风的小调,她想跟他一起唱,但没合上节拍,大颗大颗的泪珠滚落到腿上。亚松!安如在她身边小声唱着,不时地看看她蹲在地上的样子。幸好没告诉她狗的事,不然她一定会刨根问底的;要知道,她根本没想到,亚松早已不在大宅里了。安如用半高的语调开起玩笑,安努诗卡笑起来,笑他前一刻还在唱歌,后一刻却从嘴里蹦出如此难堪的词汇。她要是知道亚松被他们扔进了房前的垃圾箱,一定会怒发冲冠的。丢进垃圾箱,是对这条狗的侮辱,但它应该得到一个安息之地。塔尔巴人都知道亚松。西蒙·安得拉希来这片收垃圾时，朝屋里大喊一声，他用报纸包住亚松，把它从垃圾箱里拿了出来。安努诗卡的泪珠在眼眶里打转，给她唱歌也不管用。"别哭了，还有很多事要说给你听！"他对她说，"孤儿要结婚了！"安努诗卡瞪圆了眼睛，眼角的泪水顿时凝住了。她对费托里·埃尔日的印象很深，她在旧货市场的井边卖面包皮。如果她的货一直没卖完，又口渴了，安如就带她去喝酒。费托里·埃尔日则会给他一个苹果，在他屁股上轻轻一拍，再吻他一下。费托里·埃尔日不是无花果园的人，而是纳吉·拉约什那边的；纳吉·拉约什区在城市的另一边，两者相比，无花果园简直就是上流社会。战前，纳吉·拉约什区的地洞里住满了失业人群。费托里·埃尔日也是，女教师贝勒什·苏菲同样也出生在纳吉·拉约什区。埃尔日还跟苏菲多少有些亲戚关系。

"老共产党！"安如说着从院子后面拽出一根绳子。费托里·埃尔日告诉他，孤儿要娶苏菲。老贝勒什已经不在了，战争时去世的，不过贝勒什夫人还健在，从那时起就在区里的家具厂工作，负责加工椅子腿，她特别高兴，对埃尔日说，只要她女儿能嫁出去就好。她以前觉得，这姑娘这么扭扭捏捏、拖拖拉拉的，恐怕要做一辈子老姑娘了。安如跟她描述了高蒂语无伦次地跟别人说这件事的样子,说着就哈哈大笑起来。阿尔巴德从大宅出来,最后还是在垃圾堆里找了个底层人民结婚,这让她很痛心。"如果这姑娘是无花果园这边的人!"安如还在不停地笑,"要是高蒂家里的人就好了,可她偏偏是纳吉·拉约什的……"这片地区从安努诗卡离开后,就被命名为贝拉·雅诺什区,鬼知道谁是贝拉·雅诺什啊。

"等孤儿离开了大宅,"安努诗卡想道,"一切都会好起来的。"他成了一名教师——嗯,这的确令人惊讶。但她万万没想到的是,爸爸居然穷得叮当直响。当然,他一直在寄钱给外祖母,教士的这点退休工资还能剩下多少?不过扬卡一家在赡养他,食物都是他们开支的……爸爸几乎不怎么吃东西,顶多就是喝点酒,而葡萄园是他自己的。现在是谁在照料葡萄园?她没敢问那棵酸樱桃树是否还在。除了高蒂大娘,谁都没见过妈妈,她揣度着。安如说,凯尔凯斯医生一直摇头说他从没见过如此被家人忽视的病人。那时候,安如总直勾勾地盯着妈妈,可她从没认出他来过,但每次见他都很高兴。"我给她带过麦芽糖,您知道吗?"安如说,安努诗卡惊呆了,就像认识了一个她完全不了解的母亲:她从没听说过妈妈喜欢吃糖。安如还告诉了她一件万万没想到的事:胆小的扬卡曾经写过信给她。那是她离开后不久,扬卡刚办完婚礼——"她连婚纱都没有,"安如鄙夷地说,"因为教士不允许她在上帝的房子里穿花里胡哨的衣服。"安努诗卡也听父亲说过,这不是欢乐的节庆时刻:全国上下要在战争失败之后举行哀悼。那时,离婚礼还有两三天时间,扬卡给她写了封信。只不过被父亲发现了,她去邮局时,父亲从她手中夺下了信,撕得粉碎,还用脚踩了踩。高蒂在院子里看到了扬卡。她的信是寄到学院的,安努诗卡想起来,离家出走的那个晚上,她在睡前吻了吻扬卡,对她说,如果醒来后发现她不在家里了,有件很重要的事一定要记住,去佩斯的艺术学院找她。扬卡那时还睡得迷迷糊糊的,嘴里喃喃地说了些什么,安努诗卡觉得她没听懂。这么看来,她是听明白了。扬卡抽泣着,昆·拉斯洛从祈祷室里跑出来,没跟爸爸打招呼。爸爸还像以前一样,狠狠地揍了她一顿。扬卡到底写了什么重要内容呢?

安如做好了汤。安努诗卡称赞了两次,很合她胃口,安如只用勺子敲着盘子底。他不爱吃这道菜,他都记不起自己多久没吃鸡肉了。他宰掉的那只小公鸡是他养的,杀它的时候很痛苦,他们已经习惯了彼此的存在。它像条小狗似的成天跟在他身后,也不用特别喂它,自己就会捉虫子,还给自己挠痒痒。但如果不宰了它,又该拿什么给这姑娘做午餐呢?备受上帝眷顾的小公鸡可不曾想到，灾祸已经降临，它竟如此优雅地将自己的脖颈伸到菜刀下面。香浓美味的汤他根本咽不下。他又切了一块鸡腿肉，也吞不下去。

那些雏鸡是他早上从路上抓来的，三天前，老波希夫人家的雏鸡朝这边走来，他趁机把它们赶到自己家。等安努诗卡走了，他就把它们放出来，它们能自己找回家去。他清晨时分还在库恩山上偷了些葡萄。笨手笨脚的盖尔盖伊那会儿已经离开家了。他原本想再拿一筐苹果来，但又怕安努诗卡认出来，因为这种苹果只在城里有卖。她津津有味地吃着葡萄，从没想过，自己小时候就用那双小手摘过葡萄。教士要是发现他们偷葡萄，肯定会发飙的：他能从葡萄粒儿的数量上看出来，每一串上有几颗他都知道。高蒂说她太能哭了，她不是在读书、喝水，就是在一直不停地哭。不过，对他来说，这个家里谁哭他都不在乎，只有她不能被任何人、任何事伤害，只有这个小姑娘。

应该问问她，她离家那会儿就是为了去艺术学院学习画画，后来为什么不做画家了？她在佩斯学了五年，后来呢，看看她，获得了证书，是绘画教师的证书，但她既不是画家，也不是老师，而是在雕刻木盒子、捏烟灰缸、画手绘花瓶和灯罩，放在店里出售。那是一间民间艺术品商店。这儿也有这样的商店，但谁都不会在那儿买东西，家家户户都有纺织品和陶瓦罐，不论什么时候去主街上逛，商店门前的橱窗里摆着的这些商品永远不会被消费掉。

姑娘说，在首都，她做的这些东西都被抢购一空，供不应求。每次东西一做出来，还没焐热呢就被别人抢走了。看得出来，她生活无忧，身形比以前更丰满了，好像又长大了。她说，别人给她下订单，她跟亚当在家一起做，然后再拿到城里去换钱。

看起来她不用带着自己的作品到处奔波。也许别人也可以从他这儿买东西，但他去商店就需要进城，然后商店再把他带去的商品展示出来：给，这是盐罐，喏，这是牧杖，看看，多浮夸的装饰，就像我的老父亲用的那柄拐杖，他在臭水沟边放过羊；他往刻好的作品上滴蜡油，所以才会变成红色。这样的生活不适合他，他要是出现在这种店里，也肯定是为安努诗卡去的，他只会在她身后抽烟斗，由姑娘负责与人交流。不，不许她跟人交流：如果感兴趣，可以问她。所有的东西都是孤品，从他手中出去的东西各不相同，他这辈子绝不可能做出两件一模一样的作品。要他出去卖东西，实在太麻烦了，但如果能摆在那儿卖，就说明至少还有需求。如果有需求，那么就能卖出去；假如有人来询问，就说明他们喜欢，即使免费送也没关系，只要合顾客的心意。

旧货市场的好处就在于，他们只要坐在商品旁边就行，不用注意来往的人群，也不用跟别人打招呼；顾客不是直接经过，就是被商品吸引，不然就是远远地站在一边；如果有人摆弄他的刷子或盒子，就会问他价格，卖家回答，买家或许感兴趣，或许直接走开，卖家不用再说什么，也不需要讨价还价，商品的特性一目了然。但这姑娘再也没去过⋯⋯

他一直认为有一天她会创作大尺寸的作品，就像她拿着画册跑去小屋的那个晚上，两人举着蜡烛一起翻阅的那些画一样。她在学校时成绩名列前茅，可为什么她不做个画家？前三年她得到了补助，免费参加了米什柯尔茨的绘画集训班，她在信里跟他提过。就因为她一直热爱绘画，他还跟她一起去了天主教教堂，只为了看一眼祭台边根据他给她讲过的故事创作的画。她紧张得牙齿直打架，要是被熟人撞见了肯定会告诉爸爸，那她又该吃不了兜着走了。他特别喜欢那幅云层上站立着圣母玛利亚和小耶稣的祭坛画。有一次，他也尝试着用木头雕云彩，成功了，上面还跪着一个天使正俯视人间。那时，他母亲还在世，他也还年轻，这是为她做的。他带姑娘去教堂时，想指天使给她看，她小时候总是目瞪口呆地望着那个手中握着一根杵地铁棍的天使，天使的翅膀边缘燃烧着熊熊烈火。这幅画已经不在以前的地方了,现在那儿只站着一个胸前别着玫瑰花的修女。他不知道那是谁,他成年后就不怎么来教堂了。

他轻蔑地笑了笑,摘下一颗葡萄送进嘴里,但马上又吐了出来,因为他突然想起,这是教士的葡萄。高蒂不是个坏女孩,她嘴很紧,直到今天都没有出卖他,连弗兰切斯卡都没有嗅出真相的气息,当然,这跟她不常来无花果园也有关系。只要她不告诉教士节庆期间他吃的面包,喝的葡萄酒对他来说都没什么用,那就没事了。这都是他无法获得宽恕的原因,因为他随母亲信仰天主教。他刚来到这个家时,如果有人问他,他是会说的。但高蒂什么都代劳了,他几乎是坐享其成,连信仰这事儿也处理得很好;原本因为信仰的原因,他回不去刷子厂,但他在第二个节日里就参加了领圣餐仪式。

他以为这姑娘也会画在教堂中看到的那种大幅画作。前年他还有靴子的时候去了莫纳尔剧院,那儿的展厅总会轮换展览各种画作,免费供大众观赏。他一直觉得会在那儿看见姑娘的某件作品,因为这个展览的主题叫作"青年画家"。但没有一张是她画的;那都是些烂作,一张比一张不堪。后来,展厅里所有的东西都被拿去炼了钢铁,工人们的脸被火光映得通红,最后那儿还剩下一台拖拉机,身上的零件完整无缺,连一颗螺丝都没少。

有意思的是,她在家跟亚当两人一起画画,她写信说家里堆满了作品,都快没地方放了。但她从没给任何人看过,也没有拿出去展览过,只是不停地捏着烟灰缸,刻着小棋子,两人一起手绘盒子,就这么一直坚持着。穷人成不了画家,她热爱画画,不是吗?她用从他那儿学来的本事养活自己呢。但她小时候也把他折磨得够呛,离家出走之前她问:"我能画画吧,你说呢?你要说实话!""怎么会不能呢!"他回答。他就是这么认为的。看起来,他错了,那些在莫纳尔剧院展出画作的人比她更擅长画画。他不是动摇了,而是为她心痛。不过,那也无所谓,最重要的是她远离了那所房子。她有人照顾,也没有饿肚子,从她的穿着可以看出她衣食无忧。

这疯姑娘要不是因为涂了红色脚指甲油,肯定会穿丝袜的。但不能跟死者开玩笑,这是参加追悼会的人应该给予的尊重。她不能在别人嘲讽的目光中光脚出席,也不能不戴帽子站在灵柩前。可她就是这么来的。幸好她身边还有一条纱巾,那曾经是母亲的,这条漂亮的黑色纱巾是非卖品,她一直留着作纪念。等会儿她要把纱巾绑在头上。那腿上穿什么呢……要是穿着这双坏掉的大军靴去葬礼,就太丢脸了。周一时,他好说歹说让老图力今晚之前别卖了那双破靴子,他好穿着出席葬礼。

老图力满口答应，如果没合适的买家就拿来给他，但他没拿来，早卖掉换烟草了。这个老图力，只要有钱，让他卖身上的皮都愿意，这样他就能去酒馆喝酒了。他没有长靴，就只能穿大军靴去了，也没有正装西裤。等会儿他就披上开衫，这样能好些。帽子他有，但在这姑娘面前他会不好意思的，她马上就要知道他一贫如洗了，接着又要因为经济问题来折磨他。

他站起来大声朝安努诗卡要钱好去广场上给她买双袜子。安努诗卡不敢违抗，给了他一百福林和一根可以用来量腰围的绳子，因为她连吊袜带也没带，那也需要买。安如走出去，从外面关上了门。他站在马路上回身喊道，在他回来前把碗洗了。

洗碗水开了，安努诗卡想找一口小木盆，没找到，却发现了一个铁盆。洗碗布也没有，她就从挂大蒜的稻草绳上撕下一块来刷锅里的油。她吹着口哨在院子里忙前忙后，把鸡的喂水盆也给刷了，还添上了新水。她把铁桶拿到屋里阴凉的地方时，床边的一个盒子突然掉了下来，是个装药的空盒子。安如要是病了，谁来照顾他？她又看了看那张平板床，踮着脚站在空荡荡的床板上，仔细检查了一下房梁。那上面什么都没有，只有两只牛角酒器和碱罐。她想找他的齐特琴，却没有找到，这时她才明白，他说谎了。她走的那天晚上，安如脖子上挂着的红色塑料袋里装的不是他一半的积蓄,而是他所有的积蓄,是从他来到他们家开始攒下来的一切。

科尔托街公寓储藏室的旁边有一个小空间,他们打理花园的工具和水桶都放在那儿。如果好好安排一下,也可以塞进一张木床。她怎么才能说服他,让他过来呢?亚当同意她让安如住到家里。亚当说:"无花果园的小国王安如要来斯瓦布山了。"小国王,是啊……听到这,她笑了。"安如过得很艰苦……"她客观地在心里做出评价,她想,他肯定能把古斯塔夫照顾好。古斯塔夫。亚松。安如。这是上帝在惩罚她,泪水又开始打转。那把烦人的齐特琴到底去哪儿了?他难道把这也卖了?她跪在地上往床底下看去,高兴极了。床底深处,在安如硕大的稻草拖鞋旁有个东西在闪烁。齐特琴!她伸手去够,太深了——要是在她那儿,就可以把琴放在家具下面,这样,安如就能经常擦拭它了!但她拽出来的这件闪亮的物品,却不是齐特琴,而是一个花圈。

她蹲在角落里仔细端详着。这是个心形花圈,是安如用松树枝编的。心形的边缘等距坐着几个用木头雕成的银色小天使,每个天使小碗似的手上都拿着一件乐器:其中一个在吹小号,另一个在演奏小提琴,最后一个,也是最美的小天使,弹奏的正是齐特琴。带子也是银色的,安如把玉米叶粘在一起涂成银色,又用接骨木树汁写上了他们的名字：科琳娜和米哈伊。真是件杰作。

安努诗卡哭了，她觉得自己的心一定是碎了。米哈伊在试着告诉她，她出生前妈妈对安如的称呼和她的本名，她从妈妈那儿得到的唯一的东西，就在她面前的这条银带子上熠熠生辉。

她要把安如带去佩斯，三个人住在一起。其实，她走后一直想接他过去，但她觉得，安如放不下无花果园，而她也受不了回到塔尔巴。她给安如写信问他要不要来佩斯，她搬到斯瓦布山后，马上就给他去了信。可他没有回复，他从没回复过。起先，她也没地方安置他。她逃走时……

……她是坐清晨的火车离开的。如果想挤上火车，就得晚上去车站。但天黑后路上就不安全了，所以大家都是接近傍晚时分去车站，在那儿等待发车。可她没法下午走，那时她还在帮扬卡做针线活、缝床单，还要在枕头套上绣名字的首字母。她只能等全家人都睡下了才能跟安如出发。昆·拉斯洛睡得最晚，他的灯一直亮到十二点十五分。十二点半时，他们终于来到大门底下。下午他们就把梯子架在了大门边。安如在伸手不见五指的黑暗中爬上大门，他一把抓住装着拉绳的门铃不让它发出声音。她站在门房边吓得瑟瑟发抖,因为门铃响了一声——谁都没听见。亚松没有叫,它把鼻子埋进双腿之间,鼻尖红彤彤的,好像生病了似的。她蹲在它身边,亲了亲它。安如在身后关上了大门。有时,她会梦见那个坐落在半斜的篱笆后,他们翻墙跌入的空荡荡的哈尔街区,那时,他们前方恰巧有一队巡逻的士兵经过。去火车站的路上响起过一次枪声,但那时他们已经快到了。天上没有月亮。蒂萨河上吹来了凛冽的风,狗吠声不绝于耳。她的钱包里有六辨戈,六辨戈三十菲列,安如的红色塑料袋里大概有一千七百多……

她出走后的几年里,一直没有自己的家。住的第一套公寓是月租房,在巴什加路上,是崔科尔·艾娃租的。开始她们俩合租,后来艾娃回了塔尔巴后,整套房子就归了安努诗卡。那房子一直散发着一股霉味,墙面特别脏。她也厌烦隔壁发出的异响,房里家具透出的气息和屋里暗沉的光线,她讨厌那像口水井似的院子,清洁剂经常把水泥地面弄得非常湿滑。要不是她白天跑到多瑙河边,是肯定看不见天空和云彩的。如果连天空和云彩都见不到,那么,在她千辛万苦逃脱塔尔巴后,在这样的环境下,肯定连两周时间都没法坚持下来。可她却在那儿住了将近一年。

德尔科维奇街上的那间充满艺术气息的房子光线充

足，空气流通，她和玛尔塔两人住。玛尔塔声音洪亮，人也很可靠，她们把衣服晾在浴室的一根绳子上。塔尔玛晚上不能熬夜，也不习惯开灯睡觉——安努诗卡晚上要学习，夏天她就坐到阳台上，用灯罩盖住光线，这样光亮才不会闪到玛尔塔；冬天她就只能坐在浴室里了。德尔科维奇街的这间房子只适合画画，虽然光线明亮，却还是不能当作家。直到三年前，她才有了自己的家。

那是一个圣诞节的下午，亚当带她去了科尔托街，抵达那儿时遇上了暴雪。他们在德尔科维奇街坐上出租车时，天上只零星地飘着三两片雪花。到南火车站时，雪开始下起来，再等他们抵达斯瓦布山后，密密麻麻的雪花已经把他们团团包裹了起来。亚当下午已经把一些大包裹运了过去，床上用品、立式衣架、书籍等都已经从德尔科维奇路寄了过来，其他没剩什么东西了，只留下一个纸盒，他们在伊势丹海基路下车时，纸盒从她手中滑了下来：这辆出租车不能上山，他们只能换另一辆正要下山的车。换车时，手里这个装着衣服的纸盒子落在地上，纸做的提绳断了，猛地崩开露出盒子里的一件红色毛衫。亚当放下围巾，抓住绳子把它们紧紧地系在盒子上。两人一直笑着走到科尔托街。他们下车时，能见度不足两米。直到这时，安努诗卡都不知道她踏进的那栋房子究竟是什么样，关于这栋房子，她一无所知。

亚当找到这栋房子后买下来、收拾妥当,把它变成了一个惊喜,圣诞节的惊喜。

一开始,他不让她进房间,只能坐在工作室前的小前厅里,她无所事事地吹着指甲,又往玻璃窗上呵气,但她没法把窗上的冰花吹散。天寒地冻。亚当独自在工作室里忙忙碌碌,她听见他正把东西堆起来,也听见了壁炉里炉火的噼啪声,接着就是一阵清脆的响声,亚当开始摇晃起一只小铃铛。她知道,这就是信号,现在她能进去了,其实她一点都不吃惊。她总能猜透他,没有别的可能性了:眼前突然出现了一个天使,她摇了摇铃,这就是圣诞了,一个到处都能看见,却唯独在塔尔巴见不到的圣诞。她冲进去,想要像以前一样欢呼雀跃。可当她看见窗子上的耶诺、祭台上的画和安如的伯利恒这些漂亮的作品时,嗓子却哽咽了。工作室的中间立着一棵只能在火车站或医院里才看得见的巨大圣诞树,这棵高耸的树上星光熠熠,亮着各种颜色的蜡烛,树枝上闪烁着灿烂的流苏,蟒蛇缠绕其间;枝丫上挂着金色的核桃和心形巧克力、银色的冰凌、拳头大的玻璃球和闪亮的星星在一起闪耀,树顶上稳稳地坐着一颗五芒星;树下有一个面包篮,篮子里装着裹在襁褓中的小婴儿,扎着头带。受了惊吓的古斯塔夫躺在一边,正低声呜咽。她没看见亚当,他藏在一个角落里,她抱起古斯塔夫，打开襁褓，发现了亚当压在篮子底下的字条："祝你节日快乐——小耶稣、古斯塔夫及亚当"。那年她二十六岁，这是她过的第一个圣诞节。

他们在中央委员会里认识人，能给安如办理居住证。古斯塔夫。当年她把古斯塔夫从襁褓中抱出来时，它皱起眉头打了个呵欠，像个小婴儿一样。那时，它只有六周大，长着一副大爪子，像只小狼崽。它听见外面有动静，就从房间里跑了出去。她非常想念古斯塔夫，现在才意识到：爱国路上的狗又叫唤起来。这条狗太奇怪了，见到认识的人也叫！安如买来了她的袜子。

第十章

扬卡犹豫了很久要摆哪套餐具。最后，她选了粉色的那套。粉色的餐具套装是母亲带来的，没缺几个，因为他们只在节庆时才用——现在她选这套，是因为她觉得外婆肯定会高兴的，至少她会看见，他们对她送给女儿的东西还是很看重的。她心事重重地摆桌子，苏苏在帮她，这就让这件工作变得特别有趣、快乐了，尽管这样的心情并不合时宜。平时他们会在一点半左右开餐，今天由于葬礼的缘故，大家一点钟不到就在桌边坐下了。

十二点四十五分，还是不见拉斯洛的踪影。坐在外面院子里的孤儿早就饥肠辘辘，直盯着汤看了。高蒂在厨房里忙前忙后，向老夫人展示她也没闲着。午饭准备好了，扬卡站在锅子边不停地搅着土豆浓汤，防止糊锅。爸爸走出房间要找拉斯洛，却没找到他。他讽刺说拉斯洛做的工作竟然这么重要，在这样的日子里都不能请假。扬卡紧闭着嘴，没有回答。"委员会里事务繁杂……"孤儿用他总能挑动爸爸神经的平静语调维护着昆·拉斯洛。"委员会……"扬卡蹲在碗柜前一边给茹若娜递杯子，一边想："他要是委员会委员，需要干什么呢？"

她摆了七套餐具，却并不希望安努诗卡回来吃午餐。但是万一安努诗卡出现了，跟大家一起在桌边坐下，她也没法不给她摆上一套餐具。粉色的那套餐具是六人的，她翻出安努诗卡以前用的餐盘，是安如用木头给她做的，还有一个中间画着玫瑰花的陶制汤盘。除了银勺子，什么都不缺了。苏苏在桌尾摆上餐具后，紧张地叹了口粗气。安努诗卡！

戴琪夫人被教士的一声大叫惊醒，厌烦地瞥了一眼跟前的灌木丛。这人干吗大喊大叫的！她总是最有道理。该到上桌的时间了。她很喜欢窥探厨房，好提早知道午餐吃什么。她想吃点简单、顺口的东西，比如清淡、无油的肉汤，或是配着酱料吃的瘦鸡肉。房子里并不安宁。孤儿坐在凳子上晒太阳，每两分钟都要长吁短叹一番："可怜的妈妈！"有时，他又说："不能让我们亲爱的爸爸继续饿肚子了！"教士在各个房间之间来回踱步，还拿出自己的怀表跟教堂钟楼上的钟对时间。扬卡精神紧绷，不敢去院子里。一点十五分了，拉斯洛还没回来。昨晚他说会从委员会租车去墓地。葬礼定在三点,他们两点半就该到那儿了,否则会被人说闲话的。车子需要分两拨才能把所有人运过去,高蒂也不用坐电车了,她老胳膊老腿的不方便。高蒂像是听到了召唤,用手肘顶开房门,端上汤来。

扬卡不知所措了。自从结婚以来,她还从没在拉斯洛不在的情况下吃过饭。高蒂说,老头子命令厨房上菜,她就把汤盘放在分餐桌上。那时,爸爸也在房间里,每个人都在。扬卡紧张地想说点什么,但爸爸打断了她,让她盛汤,他们不会因为任何一个孩子而让全家人在世人的指指点点中走进殡仪馆。扬卡颤颤巍巍地盛满了七盘汤。戴琪夫人把桌巾放在大腿上擦了擦,旁若无人地伸手去拿汤勺,之后迅速将汤勺浸入汤中,看见是花椰菜汤时,她的心底升起了一股无名之火。吞下汤勺中的菜汤时,她突然有种不安的感觉,她知道一定出了什么问题。一抬头,所有人都在盯着她看。"亲爱的外婆,我们家吃饭前需要先做祷告!"孤儿说。她脸色通红,放下了勺子。"亲爱的耶稣,请来家里做客!"苏苏说的祈祷词口齿清晰、意义深刻。孤儿紧咬嘴唇,祈祷词不容辩驳的力量直击他的灵魂。餐桌上还有两个空座,如果耶稣要来,他可以坐在桌尾安努诗卡的陶制汤盘前,那是满满一盘无盐的花椰菜汤。

爸爸坐在桌首,餐前祈祷时,他习惯低着头。苏苏停下后,他会拿起勺子。这就是大家可以开动的信号。他环视了一圈,其实,他打心底里乐得看到女婿不在家,不用坐在他身边,不用看他的脸。这个亵渎神明,出卖信仰的叛徒。他的虔诚都去哪儿了?这时他发现,餐桌上还多了一套餐具,恰巧在他正对面的老位置上,摆着那个发白的陶制汤盘。一股怒气油然而生,他重重地把勺子拍在桌上。是谁,胆敢在没请示过他之前给她摆上餐具,他要是跟她同坐一桌吃饭,跟她同分一盘食物,别人该怎么想?扬卡惊慌地注视着他的脸,爸爸没作声,只是指了指汤盘,孤儿立马起身撤下了餐具。

扬卡差点哭出来。她第一次意识到,花椰菜是她买的,她煮的,是她用拉斯洛的钱买的,所以如果有人想吃,她应该有权分一盘给他。当然,如果没有特别许可,她不能把汤分给别人,她只负责上菜、分汤,但不能擅自给予,没有什么是属于她的。大家喝完汤,盘底的那枝喜庆的玫瑰花绽放出笑脸来。爸爸推开面前的瓷盘。苏苏像个小精灵般敏捷地穿梭在座位之间,收起大家的汤盘。

"今天是个好日子,是吗,闺女?"爸爸问道。他的目光跟随着汤盘移动,汤盘上画着一朵半开的花骨朵。"平时用的盘子不好吗,一定要用这么隆重的?"

扬卡语无伦次地喃喃了几句,只有孤儿听见了"外婆"和"妈妈",爸爸根本没注意,他对别人的回答一点都不感兴趣。他讨厌镶着金边,上色轻佻的玫瑰花瓷器,那不适合餐桌。举行葬礼的日子,应该用素色的餐具。扬卡怎么回事?这么虚荣、浮夸?等老了以后,她会变得像某些必须把盘子放在碗柜里用蒸汽熏过的人一样。她在上帝面前忏悔后,才继续坐下来吃东西。

戴琪夫人现在才注意到瓷盘子。汤盘正放在她面前,她这才看见嫩绿色的叶子和温和的棕色枝条。到目前为止,这顿饭唯一让她觉得不满的,就是她讨厌的花椰菜,她觉得嗓子像被什么东西卡住了一样。汤盘放在分餐桌上,餐桌上摆着六个盘子:几十年的岁月恍惚而逝,仿佛奥斯卡站在盘子前,用他那漂亮细长的手端着汤盘。"看,多漂亮啊!"奥斯卡的声音从遥远的地方传来,"我只能从漂亮的盘子里品尝到美味。"

就算平时只有他们三个人,她也一定要像圣诞节那样摆放餐桌。奥斯卡去世时,她没法让自己再看见这套玫瑰瓷器。她们两人坐在餐桌边,她和她那披着一头金发的沉默的孩子,再也见不到奥斯卡的音容笑貌,看不见他的黑发,他灵巧的手和亢奋的食欲,都消失了。他两分钟内就能把玫瑰餐盘中的食物一扫而空,等他把盘子清理干净后,还会用手在空中比画菜汤的样子,嘴里念叨着:"太棒了!"

她把艾迪特嫁出去时，也把这套瓷器送走了：拿去吧，摔了吧，一个都别留，别再让她看见。那都是些伤心的往事。现在，汤盘摆在她面前，分餐台上方镶嵌着玻璃，她能从墙上看见自己瘦削的脸庞。艾迪特长着雪白、平缓的额头……她一点都不像她的父亲。外孙女，这个一头金发的笨姑娘，还有那个长着一双大长腿的消瘦的曾外孙女……奥斯卡！奇怪了，她怎么总在别人家寻找他的踪影，而从不在自己家里找呢？她在这群陌生人中搜寻什么？教士就像看到《圣经》中的不洁之物一样，盯着她。她也讨厌卡尔曼，受不了跟他独处。卡尔曼是黑头发，声音像奥斯卡。雅诺什也跟他有些神似。为什么艾迪特不是男孩？为什么她不像她爸爸？她从来看不出她像谁。

老妇人哭着撒起泼来，每个人都觉得浑身不自在。"亲爱的外婆，您为什么哭？"孤儿问道，他朝她靠过去。戴琪夫人发现自己非常讨厌他。"上帝赐予的，也会收回！"教士客观地评论道。

这些傻瓜觉得她是在为艾迪特哭泣。她想找手帕擦脸，但可怕的是脸上的妆容会被擦掉，她只能忍住眼泪。当她看见土豆面糊旁边的那盘包裹在浓稠滚烫的猪油中的油炸大蒜时，整个人就像个泄了气的皮球一样。她会被这些食物饿死的。正当她受着面糊的折磨时，昆·拉斯洛到家了。

扬卡不知道该不该和他打招呼，但她怎么也该说些什么，却不知道该怎么说。他衣服上沾满了尘土，马甲、鞋子上也是，像个步行万里的旅人。苏苏低头盯着土豆面糊，不敢看爸爸。爸爸从葡萄园里拿葡萄回来了吗？等葬礼过后他们三口独处时，爸爸肯定会拿出来的。他这么做，是为了不让外公看见，稍后他们仨可以关起门来吃。外公说过，丰收前不许摘葡萄吃。爸爸说，他采葡萄是给全家人吃的。如果他采了葡萄回来，那他放哪儿了，也没看见他的公文包啊。维生素，爸爸说，葡萄糖、维生素很重要，所以今天这个日子，他还要远道上山去采葡萄。妈妈没发现葡萄园的钥匙不见了，她也没跟她说，因为妈妈非常害怕外公，要是外公问起来，她准会把一切都告诉他的。委员会，如果爸爸去了委员会，而不是葡萄园就好了。

昆·拉斯洛连手都没洗就在桌边坐下了。教士什么都没问，就跟什么都没注意到一样。可他却僵住了，他发现：这个失去了信仰的人难道连祈祷都忘了？

他没忘。他惨白的脸上浮现出从未有过的倦怠。他重复地把勺子放到盘子里，只机械地舀着汤喝。他两手交叉，嘴里说着刚才女儿说的那段祈祷词，这个习惯已经融入了血液，即便头脑被杂乱的思绪侵占，也不会忘记祷告。他喝了三勺凉透的汤就把盘子推到一边。没人为他收拾。扬卡给了他一份插着叉子的面糊。他喝起水来，喝了两大杯。也许他病了——教士想。从没见过他脸色这么差。他想象他是得了绝症，是那种快速致命的恶疾。上帝会惩罚他的敌人。他突然有些激动，差点从座位上站起来。他记不清完整的教会法了：已经退休的教士还能再重新上岗吗？他绞尽脑汁回想着。如果昆·拉斯洛死了，他还能再当塔尔巴教区的牧师吗？

　　扬卡也在注意着她丈夫。昆·拉斯洛从前会敏锐地察觉到她在看他，可现在，就是全桌人都把目光聚焦在他身上，他也没抬一下头，除了觉得没胃口、疲倦、困乏之外，他什么感觉都没有，只想躺下。在库恩山上，怒气、欲望和渴望纠缠成一股仇恨淹没了他，吃完药他才平静下来。现在他已经能淡定地思考那个问题了，还有一小时就要见安努诗卡了。他扫视了一圈桌面，看看是否还有别的食物可吃，他想要些清淡的东西，最好是柠檬水，或者水果也行，但什么都没有。因为爸爸的原因，扬卡不敢买水果。等下他要吃点口味清新的东西，比如吃颗葡萄。他抬起头，正好撞上茹若娜的视线。茹若娜蓝色的眼睛微笑着。他也对着她笑了笑，却不带任何愉悦的情绪。吃完后，高蒂负责捡拾桌上的餐具，所有人都回屋收拾自己的行头。戴琪夫人在一面丑陋的镜子前梳洗,扬卡、茹若娜和拉斯洛待在卧室里,苏苏跪在地毯上,用擦鞋布给爸爸擦鞋。扬卡刷着一件黑衣服的后背和袖子。教士在办公室里穿衣服,孤儿已经收拾停当,在外面的凳子上张嘴打着呵欠。苏苏抬头看看父亲,问他把采来的葡萄放哪儿了。

扬卡手上的刷子顿了一下,又继续快速清理起黑外套。这条白线是石灰——扬卡想。真是个笨蛋,她怎么会没有马上想到呢。刷完衣服,她从丈夫身边转过身,戴上出席葬礼的礼帽,熟练地把面纱遮在脸上。她的双眼空洞无神,透过黑面纱却展现出了一丝不同寻常的神秘感。他在葡萄园等安努诗卡,但安努诗卡却没去。所以他才一口饭都咽不下去。当然了。

茹若娜觉得自己犯了错,手足无措地站在父亲和母亲中间。扬卡的手一直没闲下来,她又帮拉斯洛拿来了礼帽,还往茹若娜头上放了一顶宽檐大草帽,当年孤儿来家里时就戴着这顶草帽。大家都戴上了手套,茹若娜把手交给妈妈,走在她身边,她感到一股无可名状的恐惧。妈妈!爸爸的脸上一点表情都没有,真让人觉得恶心。我讨厌这样——这张她父亲的脸——醒醒吧,他根本不在乎你们。苏苏很清楚父亲为什么要去葡萄园,而她又通过某种隐秘的方式感知到他们之间有人了,之前有,以后也会一直存在。妈妈紧紧握着她的手,她的手指开始生疼。面纱贴在脸上真不舒服，还散发着一股黑色的气味。高蒂大娘看见他们时鼻子抽抽搭搭的，她没有面纱，只有头巾，两只胖手裹在手套里，挤在漆皮鞋里的两只脚来回来去地倒腾着。扬卡腰板笔直地挽着她丈夫。他们在大门内又调整了一次队形：爸爸不想身边没有孤儿的陪伴，于是昆·拉斯洛决定：岳父和他的两个孩子先走，他、戴琪夫人、高蒂和苏苏紧随其后。茹若娜害怕得身体僵直。她将要在没有妈妈陪伴的情况下亲眼看见尸体？她摇了摇妈妈的手。"苏苏，跟我走！"扬卡平静地说。

所有人都抬眼看着她。教士愤怒得差点没缓过气来。扬卡第一个走出大门，坐进车里，一直牵着茹若娜。茹若娜身边坐着教士，她被夹在两人中间动弹不得，孤儿则坐前排副驾驶。他们出发了。教士沉默着。路上，他有了一种可笑的感觉：他惧怕扬卡。他厌烦地调整着坐姿：他应该坐委员会的车子去的。但对此，他没有发表评论，因为现在没有其他的解决办法。出租车载着他们开往葬礼或婚礼，这与挥霍和自大一样，都是一件极具挑战且不受上帝待见的事。城里看不见出租马车了，只剩两辆，一辆在医院附近，另一辆在火车站那儿：坐出租马车也是一种大胆出位的方式，甚至很有点波西米亚的不羁风格。很久以前，也就是世纪初之时，每个有点地位的人都有自己的马车，富人们也是，他们都会坐着自己的马车来见教士。战争前，教会有一辆租用的马车，要说这辆车有什么特别的用途，那就是他们都坐着它去教堂、墓地——而现在他却坐在这辆恶心的汽车里。这是全世界的耻辱，发动机旁边飘着一面红旗。他应该像接受上帝预示着宽恕的惩罚一样，在计价器显示最终价格之前接受这个现实。汽车、红旗和昆·拉斯洛的迟到分散了他的注意力，当他把思绪飘到艾迪特身上时，他们已经在排队进墓园了。

扬卡没对任何人说一个字。特别爱坐车的苏苏，因为恐惧和悲伤，一眼都没往窗外看，而是盯着妈妈，把额头靠在她的肩上摩挲。以前，她的这种亲昵举动一定会立刻得到妈妈的回应，可这次她没有。扬卡还是握着她的手，但没注意到她在干什么，而是一直透过面纱望着大街。连孤儿都闭目沉思着。他没有谈起过安努诗卡，等在殡仪馆见到她时，他才会有所行动。魔鬼，快把安努诗卡收走吧，她今天会惹大麻烦。五点是党员会议，他或许可以在这儿待到四点。

汽车把他们送到墓园外的大门前，他们刚下车，汽车就掉头回去接其他人了。从大门口到殡仪馆还要走十分钟路，教士挺直了身子，为了不让自己看见墓园围墙边爬满了常春藤的小亭子里修的那座耶稣雕像，他把目光投向远方。墓园的开张标志着一个悲伤时代的来临，他们中有秉持不同信仰之人，政府也允许天主教徒在这里打造雕刻作品和耶稣雕像。

他搀着扬卡，不是因为想亲近她，这只是一种习惯。孤儿也下意识地牵起了茹若娜的手。扬卡赶上前去整理一下苏苏的帽子。教士想看看她哭了没，她没哭。她就像个陌生人，完全不认识她了。她从哪儿生出的熊心豹子胆，敢违抗他的命令，擅自带走茹若娜，还大胆地用好几年前就被禁止的昵称称呼她？"她肯定是受了母亲去世的刺激。"教士曾试图寻找解释，如今终于归至平静，他这一辈子见识了太多热泪，听过太多非理性的言论，尽管死亡是一场与上帝的欢欣相遇，在他们家，却是对个体宽恕的宣告。要想指望扬卡学会头脑清醒地思考问题，就如同期望新教与女性相契合一样困难。紧张和悲伤让她焦躁不安，不守规矩——他想。但同时，他也隐约感觉到了某种困扰，这让他意识到扬卡并非不安分，也不是不守规矩。扬卡从面纱后收回目光。她的脸上仿佛写满了故事，简直容光焕发。

"爸爸，"她平静地轻声说道，"您之前找的那份讣告，就是莎拉德拉想寄给丹尼埃尔大叔的那份，我拿走了，所以您找不到。我寄给安如了。"

上帝快抓住他的手，别让他打她！扬卡！他把手从她的胳膊里抽了出来,他实在不想碰她。扬卡,就是透过面纱,也能清楚地看见她在微笑。他叫了儿子一声,把孤儿拉到自己身边搀住,气得头晕目眩。

这个卖主的女人!他邀请了安努诗卡,好让她把自己卑贱的灵魂展示给上帝,而扬卡却又背叛了他,邀请了安如。这场葬礼可有好戏看了!这姑娘没请示过他就摆餐具——看看吧,她最近的表现,都仅仅是为了再见一次安努诗卡,这个家在颤抖,在崩塌,在动摇,白鸽正在变成毒蛇。这个家里,他谁都依靠不住了,只有这个受到上帝慈悲庇佑的男孩让他在这尘世上不必孤孤单单?靠这个在这群恶棍中始终保持着对上帝的敬畏、忠诚、谦卑,始终高尚、温柔的男孩?扬卡让孩子走在她前面,她则像个心地纯洁的圣人一般缓缓地、平静地走着。

人心究竟都是怎么长的?直到今天,第一次,也是唯一的一次,她违抗了他的命令。当她给那堕落的人写信时,他认为需要把这些邪恶的思想从她身体里驱赶出来。"都是受了昆·拉斯洛,"他想,"这个跟她一起生活的反基督徒的影响。他要是没结婚,没让自己受到身体的诱惑,现如今应该还在与书籍为伴,服侍上帝,听从主的指示,专心辅助长老工作,也许还会在神学院里担任个职务。"肖巴特就从没结婚,他是对的。也许,这两个孩子都能耐得住寂寞？目前为止，他只怀疑过安努诗卡。他深吸了一口气，放慢脚步，他们来到台阶下，还有几步就能看见灵柩了。

"平静！"他对自己说着，内心却无法平静，他抗拒、恼怒，又感到羞愧、愤恨。"不要再去想扬卡了！"他试着把自己的思绪束缚起来，"想想艾迪特吧！"但他没法把注意力转移到别的事情上，一直纠结着扬卡偷走了葬礼讣告的事。有人向他打招呼，他答应着。扬卡站在告别室门边，让爸爸先进。教士率先走进告别室，后面跟着孤儿，随后是扬卡，她搂着苏苏的肩，使尽全力把她搂在身边，苏苏一直因为害怕而浑身颤抖。

昆·拉斯洛在大门边等着回来接他们的汽车，两个老人在花园里候着。外婆看上去从未如此令人厌烦过，面纱在她脸上投射下了某种绝望的气息。应该让她擦掉脸上的妆容，但这种事一般只有岳父才会开口，他是不会说的。多宜人的天气，多美好的九月，最适合独自坐着汽车远行百里——他能在车里美美地睡上一觉。如果能住进一家舒适、明亮的旅馆，听听音乐，那就太美妙了。昆·拉斯洛钟爱音乐。他没觉得紧张，掏出指甲钳剪起了指甲。今天要跟多少人握手啊！车子该来了吧，他们要迟到了；这座城市永无止境的流言蜚语、恶意揣测真是太可怕了。可怜的茹若娜竟能害怕成这样。他要是去了果园,倒真会给她拿点小水果回来。扬卡抬头仰望,放下面纱的样子……她究竟在老家伙夺走的那封信里写了什么?

他不怎么跟扬卡聊生活,一点都不了解她的梦想,她对生活的想象,不知道她现在对他去葡萄园、他渴望见到安努诗卡是怎么想的。扬卡都知道什么?每次提起安努诗卡,她从没说过一句好话。这还是说明一个问题,扬卡知道他爱安努诗卡——如果她只认为他是想在不受打扰的情况下单独跟安努诗卡谈,问她问题,那么他干吗要去山上?是吧,就像弗兰切斯卡说的,"当你与某个人生活在一起或是嫁给他之后,那特别的眼神,那从面纱后才能看见的神情将不复再见了"。也许,扬卡爱她就像爱着一个男人一样?那天晚上,他是这么想的,自己差点笑起来。不过这有什么问题呢?他看见汽车出现在街角处,便朝花园里喊了一声。

戴琪夫人很高兴他们终于可以出发了。高蒂也是。这是高蒂这辈子第一次坐汽车,她表现得毕恭毕敬。昆·拉斯洛坐在司机身边,跟他握了握手。高蒂看着他们。昆·拉斯洛也会在他的生日、新年或是重要节日时与他握手,但这种情况下从没有过。他们像朋友一样聊着汽油和道路建设的问题。昆书记,司机叫他昆书记!

他并不为自己感到羞耻,因为他干的就是这样的工作,只消轻松地坐在委员会里让别人去上窜下跳,看着可怜的刷子厂工人们失业。平庸,像昆·拉斯洛一样,平庸就是这样被生产出来的。他还在文化处担当教士的职责。扬卡说,电影、图书和剧院就是文化,他们制作的电影数量繁多。人们被工作压得喘不过气来,如果恰好碰到可以躲进一家小资情调十足的电影院这样极为偶然的机会,就不该只欣赏别人劳碌不停,只知道埋头工作的电影,这样的电影中只能听见劣质和平庸;那是些矿工,矿道在他们头上坍塌,好家伙,看吧,音乐为他响起,人们翩翩起舞,接着,电影中又出现了另一类跟他处在完全不同世界中的人,他们做着他根本不会或从不曾做过的事。千万别打仗了,他要是被士兵进攻的梦魇缠住,肯定会从梦里尖叫着醒来。文化,就是这样。

这么重要的日子,这么重要的时刻,他只知道啰唆些汽油的事儿,一点都没提起祈祷或是诸如此类的话题,真是不害臊。这个涂脂抹粉的老女人,从来不觉得愧疚,上帝已惩罚了她,女儿先她而去,而她却孤零零地留在此地,比她女儿还瘦,像根面条似的。她花钱买胭脂抹在脸上,烫鬈发,就是想变得漂亮些。哎,魔鬼会用午夜列车把她从这儿带走。她扭动着鼻子,坐在一个下人身边一定让她很不快。她觉得她就是个下人。下人,这个老不要脸的,她是家庭成员,现在已经没有下人了;她原本想要炫耀一番,无奈死神已经向她靠近,甚至比别人更快。可怜的人啊,就是这样的母亲生下的,所以她才会精神出问题。那个讨厌的人到底来不来了?要是不来了,那就不用去找罗西卡要勺子。要是没邀请她,她还来,那也是因为她总爱做出格的事。但凡命令她做任何事,她必定会尖叫着回答:"不要!不要!"

温顺的阿尔巴德是个和蔼、平和的男孩,正因如此,贝勒什夫人才会抓着他不放,真不害臊。有多少次她都想去跟他聊聊这件事,可结果不知怎么的,她却只字未提。他若是自己不向别人寻求建议,这种事也不适合拿出来说。安努诗卡要是来了,她父亲会高兴的,可是,从安努诗卡出生那会儿,他就讨厌她。直到今天,她的耳畔还回响着教士对那个叫什么狗屁安道尔,就是在红脸疯子之前在教堂工作的年轻牧师大喊:"科琳娜?为什么叫科琳娜?"他就像只兔子一样,一直喋喋不休。

戴琪夫人掏出她的粉饼盒。在家时,她不敢在教士面前捯饬妆容,但在这个下人面前,她就不觉得太尴尬了。昆·拉斯洛现在背对着她。她只害怕女婿,他总表现出一副绝望的样子。有时她的脑海中常闪过一个念头,也许从此以后她再也得不到钱了;她对自己说,教士肯定不会这么做的,《圣经》里一定写了要赡养寡妇、遗孤。看吧,他连这个讨厌的孤儿都领回来了。但她是绝对不会搬到这儿来的,要是住在这所房子里她肯定会发疯。火车晚上八点出发,不幸的是,将要行驶整整一晚上。从城西去城南要一个小时左右,她也不知道究竟什么时候能到白堡。她还需要换车,简直是噩梦。而且,她也没有回去的路费。她能来这儿已经是个奇迹了。他们会为她付回去的路费的,他们心甘情愿,巴不得让她一刻都别停留。听说追悼会并不隆重,但她又立刻想到,既然她一心只想葬礼结束后赶紧回家,别无他想了,为什么还要来这儿呢?难道因为奥斯卡总在为她祈祷,她才爱艾迪特吗?艾迪特还躺在摇篮里时,她就开始嫉妒自己的女儿,每当艾迪特紧张时,就会抓着奥斯卡的表链不放。而她觉得劳累不堪时,总让艾迪特去奥斯卡的背上骑马或者坐到他的脖子上。艾迪特是个高需求宝宝,但奥斯卡很懂得该如何与她交流,她最听奥斯卡的话,不像她跟母亲在一起时,总是又哭又闹。奥斯卡微笑着耐心陪伴她。她耍脾气时,奥斯卡就给她起了个名字,这个名字特别能触动她。那是个外国名字,不是匈牙利名,她喜欢妄加揣测奥斯卡青年时期的生活。那些年他四海为家,在佛罗伦萨和巴黎都学过绘画。那是个什么名字?艾迪特听话的时候,他喊她小迪特。她不听话时,他就会说:"现在,小迪特离开了,另一个小姑娘来了,是个小坏姑娘。"她不乖的时候,奥斯卡是怎么喊她的来着?这个词像是有股魔力,艾迪特一听见,脸上就露出两个小酒窝,嗓子里就像灌下了蓖麻油一样,喊叫声立刻停止。她也因为这个名字而生艾迪特的气。奥斯卡从来不用昵称叫她。

  多丑的墓园——她看见那面水泥墙时呆住了,墓碑惨白的颜色透过墙上的心形图案直射她的眼底。上帝啊!她差点笑出声来,随后又呆住了,她觉得自己紧张起来,甚至有些难受,也有点害怕。艾迪特结婚后她们就没见过。尸体会是什么样的呢?奥斯卡,你要是在这儿现在就该哭了。奥斯卡很爱艾迪特。她突然想起了那个名字。"你不要白萝卜吗?"奥斯卡用他那双迷人的手高高地托着艾迪特的小盘子,"可是小迪特喜欢白萝卜啊!难道坐在妈妈腿上的不是小迪特了吗?难道小坏蛋科琳娜又出现了?"艾迪特银铃般的笑声响了起来,张开嘴含住了勺子。

第十一章

安如在花圈上穿了一根树枝，这样可以提着走。花圈不重，不过拿的时候需要小心，注意别把小天使碰下来。他们没坐电车，安努诗卡不想遇见任何人。

从无花果园走过去的路很长，需要穿过库恩山下的槐树林，树林尽头就是新公墓了。他俩都觉得热，安如的开衫湿乎乎的，安努诗卡的披肩里围了一条厚实的黑围巾，她也出汗了。刚开春她就开始光脚穿鞋，外出也不戴帽子，她讨厌袜子。她不是因为葬礼才心情不好，只是因为安如说他从来没想过上佩斯去住。当她尝试着去理性分析为什么不能继续待在这儿的时候，他朝她吼了起来，而且是粗鲁地破口大骂，以至于连给他寄东西，或者冬天的时候寄点钱这些事她都不敢提了。

安如知道这让她很难受，他看看她，但直到走到林子边他也什么都没说。她也为了他去找过崔科尔·艾娃，崔科尔·艾娃说，她让他给委员会看看自己的作品，好让委员会派点人或者媒体来写写关于他，一个心灵手巧的雕刻家的故事；她还帮他找工作，比如做个民间艺术家，他却说：都走开，别来烦他。人们会被他衰老的样子吓倒，他就像头老水牛。艾娃想召集一些意识前卫的学生，让他教这些学生雕刻。这有何不可，等这些学生们学会了他的手艺，霍默克·彼得就会出现，随后就是委员会，好像哪儿都少不了他们似的，这时他就该高兴了。到时候把他雕刻的场景拍下来，在影院里播放。这是他与生俱来的天赋。

艾娃的孩子很可爱，他给他刻了一匹小马逗他开心。安努诗卡住在山上，斯瓦布山上，难道这姑娘连他的土地都要卖掉？这些房子既没有葡萄园，也没有土地，他要怎么帮他们打理？他们邀请他去住的房子又不是他的，他受不了总在那儿住。鱼和熊掌还能兼得了？他当然生气了，她总这样，谁要是没遵照她的心意做事，她准会拿房子做文章，就像他出去买袜子那会儿，她又找不到靴子了，又找不到齐特琴了，赌了好一阵子气。

就是这姑娘死了，他也不会去佩斯的。

他们到墓园时城里响起了钟声。安努诗卡熟悉这里每一座教堂的语言，这声音她也能听得出来：是塔尔巴区在向葬礼致敬。人们站在告别室的台阶上，都是些陌生人，他们给花圈让出一条路。她停下脚步，正要迈进告别室时，她觉得所有人都在看她，可事实上没人在看她，因为彩色玻璃窗背后的灯光似乎一直在等着他们的到来，恰好在他们到达的那一刻熄灭了。塔卡罗·纳吉出现在灵柩边，管风琴的乐声响起，仪式正式开始。灵柩的右侧，坐着悲伤的逝者一家，一个空位置都没留下。习惯于留给远房亲戚的左侧只有两人就座，安如被他们推到那里坐下。所有人的目光都聚集在塔卡罗·纳吉身上，除了茹若娜，她不敢朝灵柩的方向看。苏苏认识安如，虽然她小时候只在照片上见过安努诗卡，却仍然记她的样貌。她很生气，因为等了那么久她才来。安努诗卡只会带来麻烦。苏苏抓了抓母亲的手，扬卡的眼神落在她身上。茹若娜感觉到她的手指在往回缩。她脸上盖着面纱，苏苏没法读出她的表情。

妈妈跟记忆中的模样完全不一样了。妈妈真的去世了，连她的头发都失去了生机。也不丑，也不美，只是一种物质，一件不属于任何地方，不与任何东西相关的客观存在。她在来的火车上想象着这一刻，当她看见妈妈躺在棺材里时会是什么感觉——什么也没感觉到。

棺材上摆着三个花圈，其中一个是小小的白色花圈，另一个用大把的粉色剑兰扎成，最后一个是大丽花做的，像个巨大的水车轮。这个最丑。安努诗卡看见花圈的白色丝带上写着"沉痛悼念——弗兰切斯卡"。安如的身高让他不用站在台阶上就能够着棺材。他把大丽花花圈从主位上拿下来，放在地上，又把银色小天使花圈放在棺材的尾部，正对死者那张早已无法辨识，但也并不可怕的脸。对面的长凳上，教士、昆·拉斯洛、弗兰切斯卡在管风琴的乐音中一动不动。这时他们注意到了安努诗卡。"从那以后，我们信任你……"人们大声唱着，安努诗卡听到歌声非常兴奋。她有九年没唱过圣歌了。

　　她是晚上九点半收到的电报，那时他们还在吃晚餐。"我不去。"她不假思索地脱口而出，亚当没说什么。尽管整个晚上亚当都在她身边平静而缓慢地呼吸，可黎明时分，他清晰的嗓音暴露了他一晚没睡的事实，她也一直没睡着。在她翻了将近一百次身后，亚当开了口："你还在害怕他们！"亚当说，那时她意识到她应该去，因为她的内心深处仍存留着恐惧，若不回家看看他们，也许到死这份恐惧都不会离她而去。"去塔尔巴吧，科琳娜！"亚当说，她嘴里嘟囔着把头靠在亚当的背上，终于睡了过去。她从灵柩上方望过去：所有人的目光都落在她身上，而不是逝者身上，也不在塔卡罗·纳吉身上。"当世间还未出现高山时……"众人齐声唱道。父亲、扬卡、孤儿，他们只是呆望着，就像妈妈一样，谁也没有对她表现出一丝动人的生机或是恐惧的神情。

罗西的心脏开始突突直跳。直到最后一刻，她仍然认为是高蒂想多了，根本不用把银勺子拿回去。可她确实看到了跟米哈伊一同出现的安努诗卡，众人正扯着嗓子高歌，她必须悄悄地从告别室溜走。要是坐电车往返一趟无花果园，肯定赶不上下葬仪式。她最快也就能回家取上勺子后直接拿回塔尔巴，正好赶上他们从墓园回到大宅。现在，她看不见仪式也看不见米哈伊，没法从封锁线里脱身。所有邻居都知道她来参加葬礼了，她该怎么跟克希尔特斯·尤莉斯卡解释呢？她跟她说过勺子的事。直到这一刻，这场葬礼仍算得上一桩大事，从某种意义上来说也提升了她的社会地位，因为她被允许进入殡仪馆的告别室，这成为一种浓缩在她身上的沉重经历。她几乎是一路小跑着走到主路上，大声愤恨地哭着，大颗大颗的泪珠挂在鼻尖上。骑自行车抵达的医生迟到了，正往告别室冲去，途中还不忘转身看看她。是谁让这个可怜的女人哭得这么伤心？"上帝会惩罚安努诗卡的！"罗西卡想道，她用手指挠了挠头皮。

"……耶稣说：你兄弟必然复活。马大说：我知道在末日复活的时候,他必复活。"① 这段文字不知怎的,平息了教士看见安努诗卡时在内心燃起的怒火。她就在这儿,跟约厄·米哈伊一起来的,但她挽起的头发还是散发出一股尊贵的气质。若米哈伊只是摘下了那个花里胡哨、扰人神经的丑陋花圈,他心里一定会想:很好,弗兰切斯卡的花圈颜色太扎眼,这种花过于性感、缺乏品位!扬卡他们的剑兰也太夸张了,只有阿尔巴德能掌握分寸,得体地安排好了他们俩的花圈。但这些可笑的天使,这些演奏乐器的小雕像也太浮夸了,简直就是个天主教式的花圈!

弗兰切斯卡坐在他身边,气得满脸通红,这让他觉得很有意思。他甚至仰起头对她说,这几天别去他们家了,别让他们太伤心了——万一他脑溢血中风了呢。

《约翰福音》(第二章)。都是老一套,简直无聊透顶!牧师可以为信众指引让人费解的神学问题,但他什么都不懂。艾迪特的葬礼就是把塔卡罗·纳吉推到了这样一份任务面前。可他却只会瞪着泪水盈盈的眼睛,说着关于"复活"的悼词——在艾迪特这儿,有谁会关心"复活"这件事?这任务压力太大了,要给一个疯子找得体的悼词!该补充些关于"复活"的悼词了。

---

① 《约翰福音》11:23~24。

他现在能讲什么呢，这完全是毫无准备的即兴讲话！他很想把塔卡罗·纳吉从灵柩边拉下台，自己走上前去。他侧耳倾听着。塔卡罗·纳吉看着昆·拉斯洛说话时，他又觉得浑身难受。他们俩什么时候关系那么亲近了？塔卡罗·纳吉跟他同龄，他们年轻时在一起做过牧师。现在看起来，是他把他引向了自己的女婿？他又开始喋喋不休起来，内容杂乱无序，语句之间逻辑混乱。教士朝孤儿看了一眼，他也发现了吗？但孤儿没看他，只是脸色苍白地盯着自己的双腿。他觉得无地自容。这个只知道无私奉献的可怜的孩子，这场葬礼让他疲惫不堪。他不想听塔卡罗·纳吉的悼词，自己暗自祈祷起来。"万能的上帝，圣父……"他快要被这滔滔不绝的车辘辘话逼疯了，开始无声地念着祈祷词。

扬卡坐在孤儿的另一边，也在关注着阿尔巴德。从他们认识开始，就没见过他这样。孤儿这副样子好像真的快喘不上气来了。她也没望向她正对面的安努诗卡，她就坐在那个戴眼镜的胖女人身边。她一点没变，围着黑色围巾，还是那么美丽动人。如果她收到了那封信，她若是还能鼓起勇气再给她写一封信，也许今天的一切都会不同。

要是给她寄信，该跟她说些什么呢？要是某个人，要是安努诗卡知道真相。她那时就真切地知道拉斯洛热爱塔尔巴，热爱教堂，热爱教区，却唯独不爱她——安努诗卡不比她知道得多，她知道除了塔尔巴，拉斯洛还爱谁。"我不能去你那儿吗，安努诗卡？"她在信里写道，"我害怕嫁给拉斯洛，他没那么爱我。"假如安努诗卡收到了信，假如她真的能去找她……那时她已经年过三十，爸爸不会让她回来的。但那时也没有苏苏。她的生活如果缺少了苏苏，会是什么样？她又感到一阵恐慌。

奇怪的是，每次躺在床上，拉斯洛转身来找她时，她总觉得他拥抱的是别人。她思索着该怎么在他的熟人里找到这个人呢。就是安努诗卡。哦，我的上帝啊！她为自己感到害臊，为这个想法感到脸红。这对她来说太可怕了：不是安努诗卡，只有她，安努诗卡没把乌黑茂密的一头乱发披散在枕头上，那只是她的辫子……如果他们俩今天在葡萄园里见了面会怎么样呢？他们已经不再熟悉彼此了？……所以佩斯教区对他才如此重要！佩斯……那里永远车水马龙。苏苏受不了繁忙的交通。她又该如何在佩斯开启新的生活呢，她谁都不认识，而安努诗卡却……不，她做不到！如果拉斯洛再来问她……但这是不可能的。那就像是一场谎言。万一苏苏在佩斯被人欺负了呢……太奇怪了，好像谁都不曾爱过她。她把头侧向一边，久久地，出神地望着丈夫。昆·拉斯洛没感觉到她的目光。他正隔着整个告别室，全神贯注地盯着安努诗卡呢。

塔卡罗·纳吉的脖子因为用力过猛而憋得通红。他重写了三遍悼词，从没这样准备过一场葬礼。那个年轻的塔尔巴教士像魔鬼似的悄悄问他是否想要主持葬礼？他有中意的人选吗？谁会想知道他是怎么想的？他要什么？悼词里还能再说些什么呢？逝者安息吧，这位夫人疯疯癫癫了几十年，如今马特大叔心里的石头终于落了地，可以把她安葬了。成全她吧，我的上帝，让她平静地安息吧，她这一辈子惹了太多麻烦。该如何写悼词才能漂亮地打赢这场宁静保卫战呢？

寂静的平和连接着一个充满希望、欢欣鼓舞的世界，那里再没有战争。但这就足够了吗？昆·拉斯洛呆望着前方面无表情，仿佛陷入了半梦半醒之中。他一动不动地坐着，静静地聆听，稍后还要向委员会做报告。他喉头紧缩，眼眶湿润。是他让一个老人家陷入如此羞辱的境地！他把岳父逐出了自己的教区，到底想要干什么呢。"宁静！"塔卡罗·纳吉声如洪钟，死死地盯着昆·拉斯洛。

"可悲的人,"安努诗卡想,"他究竟在嘟囔些什么,连说话都不能大大方方的。"身边的胖女人是谁?那个丑陋的平胸姑娘又是谁?这两人都戴着黑头巾,就像两口大锅底。她的视线越过灵柩,落在家里人身上。弗兰切斯卡低垂着头正为花圈的事生气呢。扬卡的脸上遮着面纱,看不清什么表情。高蒂大娘在轻声啜泣,但基本上还算比较放松。能跟全家一起坐在长条凳上,她当然高兴了。扬卡的孩子身材线条匀称,要是能画下来就好了,她的眼神里夹杂着恐惧和好奇。她正在看她,扬卡肯定告诉了她安努诗卡的事。爸爸的头都快垂到手掌上了,他在祈祷。这个可怜人,他肯定渴死了。孤儿怎么回事?她的身体微微前倾以便能看得更真切些,就在那时,她与昆·拉斯洛的眼神交汇了。她僵住了,那感觉就像看见了一个陌生人。

"太可怕了!"孤儿默念着,"太可怕了!"他觉得自己马上要喊出声了,恨不得立马从告别室冲出去。苏菲戴着黑头巾,贝勒什夫人也戴着黑头巾。她们都坐在亲属区的对面,安努诗卡的身边。贝勒什夫人还在哭哭啼啼,手里攥着一张写着祈祷词的手绢抹眼泪;苏菲每隔一会儿就捏捏她的手,脸上露出尴尬、勉强的笑容,苏菲只会跟他用这样的笑容打招呼。当他走进告别室,看见萨博·萨博尔齐和学校派来的代表拿着花圈站在灵枢边时，只觉得这些人实在太老实了，他们上了整整一上午的课，五点的党委会上他们还要表彰他，乔巴伊也会在那儿，看来他不会乱说话的。但苏菲和她母亲……苏菲像个穿黑衣的新娘，挺着腰板坐在灵枢边。他从没跟她拉过手，也从没对她表达过任何想娶她的意思！

我定期上她们家去——他有些慌张，事实上，他每周都去那儿，有几次没吃晚餐。他管贝勒什夫人叫小妈妈，因为他从没有过真正的母亲，这正是最打动苏菲的地方。现在，他们要吸收他为党员，贝勒什夫人坐在这儿，正对着他的家人，像是他的岳母。苏菲涨红着脸，僵硬的土气脸庞上写满了羞涩的表情。她们若是想引人注意，那么她们成功了。上帝会惩罚这个世界和人生的。两人头上都系着表示哀悼的头巾。她们坐在哪儿呢？恰好在安努诗卡和安如的身边；苏菲还想通过唱歌的方式告诉爸爸，尽管她是个党员，她的内心仍怀着人类的情感。整个教师团队几乎都来了，由萨博·萨博尔齐带队。希望他能早日完蛋，这个多愁善感的笨蛋；现在老师们都来了，他情愿苏菲不要出席这场宗教仪式。他们会被别人发现的！应该把苏菲带走！上帝自有明示！教士紧握着双手，在不住地颤抖。孤儿像个孩子似的在他身边哭了起来。

告别室玻璃窗上的装饰,不会与任何宗教派别的信条相抵触。窗子没有朝向墓地,而是装在告别室的内墙深处,待仪式开始时,窗后的蜡烛便会被点亮。绵羊、教会的标志、求水的雄鹿、成串的葡萄、α 和 Ω,天平和油壶、面包、鲜鱼和麦穗在一块块玻璃上灵动闪烁着。高蒂第一次来这儿,她被这些玻璃惊呆了,这是她认识的人中唯一一个在这间豪华的告别室里举行告别仪式的。教士特别讨厌这些图案,艾迪特去世时,家里对于在哪儿举办告别式也有过一次争吵:他坚持认为应该选二等告别室,因为那儿布置得比较简约,没有玻璃窗,房间的墙面也更素洁;但昆·拉斯洛坚持选豪华告别室,都来看看这亵渎神明的金光闪闪,耀眼炫目吧。

"这头雄鹿好丑啊。"安努诗卡思忖着。她无从知晓画这些玻璃图案的人是谁。可是雄鹿并不长这样啊,面包也不像。她不是专业画玻璃的,但肯定不会画成这样。绵羊看上去一点都不逼真,毫无特点,根本不像一只绵羊,画面上只呈现了四条腿上顶着一团棉花和一个羊鼻子,但这样也不像一头绵羊。她要做一盏绵羊灯,她突然灵光一现。大厅里摆放着母亲的灵柩,这儿不再像她小时候来时感觉那么神秘了,那时她的眼睛根本无法从那些在明亮的灯光前闪耀夺目的画面上挪开。"我要做个大画家!"小安努诗卡对着俯身在清凉溪水上的雄鹿发誓。"我是大画家!"安努诗卡想,"以后,每个人都会知道的。那个画得满脸绯红的老夫人肯定是外婆。我的家人也觉得我有这么丑吗?"

"……因了上帝的力量,旧貌换新颜,悲伤成欢欣。看吧,我们的国家也从废墟中涅槃,一个百花齐放的国家冉冉升起,工厂和美丽崭新的大楼在废墟上重建,上帝让垮塌的尘灰焕发新生。"

昆·拉斯洛只注意到了最后一句话。他不该吃这么多药,现在因为吃的这三片药,他的反应都有些迟钝了。可怜的老教士还在硬撑着,可他却一个词都不明白。昆·拉斯洛选塔卡罗·纳吉,就是因为他温顺、可人,还长着一双蓝眼睛,没什么坏心眼,不像他岳父。"尘灰,这是他说的?尘灰?你拥有完美的躯体,柔软、香糯的皮肤!现在你又坐在这儿,我们之间不足两米的距离。为什么你不来葡萄园,安努诗卡?弗兰切斯卡说你变坏了。我不敢问跟你住在一起的那人是谁。你要是跟我一起生活定会轻松许多。离开那人吧,安努诗卡!如果你愿意,我也会离开扬卡。"

这是整个追悼会中最漂亮的花圈——苏苏想——多可爱的小天使啊！那是安如做的。她要是有一个这样的小天使……外公肯定会拿走，毁掉的。只有阿尔巴德舅舅和高蒂大娘在伤心流泪。外婆的眼里什么都没有。这儿也有一股黑色的味道，跟家里的厨房一样。苏菲阿姨在这儿，她能来真是太好了。阿尔巴德舅舅肯定高兴。这块衣料有点扎。妈妈没哭，但透过手套都能感觉到她的手心冰凉。葡萄园里一定发生了大事。她应该告诉妈妈在爸爸的《圣经》里看到的那封信。

塔卡罗·纳吉的祷告结束了。安努诗卡身边的胖夫人也加入了教士，在嘴里喃喃地念着悼词，她时而紧握手指，时而又放松，对这样在公共场合祷告犹豫不决。接着，她又像个信徒那样双手交叉紧握，带着深沉的愉悦陷入了祈祷词之中。

上帝保佑！——安如在内心祈祷——你安息吧，可怜的人！你看，我给你刻了天使，等你入土为安了，让她们在你耳边演奏。你之前神志不清，亲爱的，但这世界上，又有谁不是疯子呢。你女儿在这儿，是我养大的，虽然你不是个好妈妈，她也不会生你的气。你只对我做了一件好事，我终于有了自己的孩子，你看。所以我才给你雕了小天使，所以我才每次都带糖给你吃。

音乐声又响起,管风琴演奏起巴赫的篇章。教士不耐烦地听着。好在没有出现管乐手和穿黑衣的儿童侍从。天哪,太丢人了,竟搞得像出喜剧!这么花哨,根本就不是新教仪式!这肯定是昆·拉斯洛干的好事。殡葬公司的人想让他们跟她告别,走过来整理艾迪特的寿衣时迟疑了一下。教士不想让任何人去亲吻她,全家人僵直地坐在条凳上,于是他们盖上了棺盖,朝外面走去。告别室外面立着很多花圈,连政府都送来了慰问,不只是教师团体,还有委员会的文化处。就在那时,当那些大号花圈被抬上汽车时,孤儿看见了一个用黄玫瑰扎成的花圈,上面写着——"沉痛悼念:贝勒什家"。真是天晓得!

爸爸走在灵柩后面,接着是弗兰切斯卡、扬卡和苏苏;昆·拉斯洛和孤儿在他们身后。要是我能转头朝后看看——孤儿想——就能知道这两个该死的人去没去墓地了。高蒂跟戴琪夫人落在后面,但她不想走在戴琪夫人身边,于是就往前快走了几步,想往孤儿身边靠。戴琪夫人独自颤颤巍巍地走在最后。孤儿想应该有人搀扶她,但他情愿变成石头也不想碰这个涂脂抹粉的老花瓶。安努诗卡和安如插进了队伍里,他们身后跟着身边的胖夫人和瘦小平胸的姑娘。安努诗卡在人群中看见了崔科尔·艾娃,冲她点了点头。安如也用眼神向她致意。老家伙还活着呢——艾娃满心喜悦地想道——他要是知道我在替他处理税务问题，肯定会破口大骂的。要是能心平气和地跟他聊聊，他如果能按照她策划的去做，肯定能过得既轻松，又舒坦。可她立马又觉得心中有愧。人群把她从原来的地方挤走了，推着她朝出口的方向走去。安努诗卡呢？她问自己。安努诗卡总是风风火火，咣咣砸他们家的门。她在画室里学画画，手里挎个小篮子跑去贫民窟的围栏后面。肖恩·劳拉大娘亲耳听到好几次她哭着喊："你为什么总是做上帝的懦夫，耶诺？我要跟安如一起把你们都赶走！"

她不会告诉她，就在耶诺还有机会离开贫民窟的最后那天，他鼓起仅存的勇气，把那个小盒子交给了孤儿，那天安努诗卡去了葡萄园。"你别把这个盒子放在这儿，他们会把你的钱都拿走的，然后把你打死，这样以后还拿什么给你建个新的画室，我的耶诺？"但爸爸觉得如果把财物都放在他那儿，也许能为妈妈的生活减轻些负担，爸爸就是在这种无谓的期盼中度过了最后一天。她永远不会告诉安努诗卡，爸爸在那天还给她用鸟语①写了一封信，他说，他的东西在阿尔巴德那儿。为

---

① 鸟类在沟通时发出的声音在音节的转换上具有强烈的表现力，甚至许多人类的语言都会在一定程度上进行借鉴和使用。说匈牙利语的人中，有些儿童为了交流自己的秘密，会用鸟语沟通，具体方法就是在单词的每个音节前或后重复一次或多次特定的辅音字母（p、r、g），例如：madár（鸟）可以表示为 mapadápár。

了纪念齐德尔街的房子，为了耶诺无辜的灵魂，为了安努诗卡在画室画的作品和那些让耶诺跟妈妈感伤流泪的书籍，孤儿，快跑啊。安努诗卡未来的回忆录里，她那个该死的兄弟不应该是个强盗。

她在心里骂安如是个蠢货？安努诗卡从来没有为任何公开的场合画过画，从没参加过任何画展或是从事工业美术事业，从没做过任何事？安努诗卡也不定制作品。安努诗卡。安如。

我是党员——艾娃想道——所以我才能为我的儿子创造一个更理性的世界。这些倒闭了的小作坊为什么总让她心痛呢？也许就是因为耶诺对他的职业爱得深沉。我们都希望变好，各种差池却总是接连不断。安努诗卡成了一个大画家。为什么不能说出来呢？

人们缓步走下铺着黑色布帘的台阶，走在她前面的老妇人脚下一绊，安努诗卡从后面一把抓住了她。那张爬满皱纹，粗糙地描着浓艳妆容的脸粗暴地映入她的眼帘。那老妇人嘴里嘟嘟囔囔地，也许是在问候她——"抓住我的手，外婆！"安努诗卡说，"我扶你下台阶。"

这就是安努诗卡——戴琪夫人想——艾迪特那个离家出走，逃到佩斯去的小女儿。

她跟那个穿开襟衫的农民一起走进告别室时，她完全想不起来那是谁，只能推断他跟家族有关系，因为他坐得离灵柩那么近。她的女儿体态娇小，弱不禁风。那双手，跟小孩子的一样大。她的脚踝细瘦，即使穿着厚实的连裤袜也能看出来。艾迪特的身材没有曲线，她很高，而且瘦骨嶙峋，皮肤雪白如牛奶，这孩子的皮肤却是蜡黄色的。她的头发是黑的，眼睛也是黑的。她很像一个人，戴琪夫人却想不起来是谁。她第一次看见她时，就感觉似乎在哪儿见过她，当然那是不可能的，因为这是她这辈子第一次见她。她灵巧地搀着她下台阶，好像很清楚在布帘上不好走路。她怕自己摔下来，所以这会儿头一直很晕。这姑娘像谁呢，她边走边抬眼望着天，甩了甩头发。终于走下了台阶，姑娘放开她的胳膊，又回到穿开衫的农民身边。他们在她身后聊天，那声音非常耳熟，事实上不只是声音，连发音的方式都很熟悉。

  灵车发动了，灵柩前方的小天使花圈正闪闪发光。塔卡罗·纳吉带领着人群，时而脚步沉重，时而步伐轻盈。教士突然愤怒地转过头去，因为弗兰切斯卡大声地哭起来，这让他觉得不可思议。她在为她的嫂子掉眼泪，她也不算太坏嘛——苏菲想。她这是在为花圈哭泣呢——教士这么想着差点笑了出来。魔鬼也不会喜欢这些银色的天使，从没见过弗兰切斯卡哭得这么凶。弗兰切斯卡也是个傲气十足、铁石心肠的人。上帝鄙视这些总自以为是的人。

到了坟前他们就没法像刚才那样一直交谈个不停了,教士情愿这样。安如和安努诗卡被人流冲散,墓地的小路上挤满了陌生人,安努诗卡不知怎的被人群推搡到了下葬的坑边靠近灵柩的地方,就在爸爸和扬卡之间。塔卡罗·纳吉认出了她,祈祷的过程让他觉得紧张,用不用轻声跟她打个招呼呢?安如和崔科尔·艾娃并肩在一棵柳树边,安如低声说他喜欢艾娃是有原因的。要不是艾娃,他就没法帮安努诗卡逃走。一九四五年初时,她恰逢时宜地给他寄了一封信:那上面有一个地址,安努诗卡下了火车后就能直接过去。人们在灵柩周围推来搡去,要是他们为了能看得清楚些而动作幅度过大,就会把扬卡推入张着大嘴的墓坑里。

塔卡罗·纳吉动容地看着弗兰切斯卡,他自我感觉良好,觉得祈祷做得非常完满、感人,因为这个被认为铁石心肠的妇人居然也被他的祈祷词感动得痛哭流涕。那年轻人一脸惨白,而老仆人的眼眶里却早已噙满泪水:"我们口中的《使徒信经》是我们信仰的见证!我信上帝,全能的父……"灵柩下葬时,安努诗卡和扬卡一起伸手去够身边的铲子铲土。扬卡的手微微一颤,从手指尖上落下了些许泥土块。那是她午餐后她第一次撩起面纱。

扬卡把妹妹拥在怀里亲吻,她快乐而深情地使劲搂着她,就像每次苏苏遇着麻烦时她亲吻苏苏那样。安努诗卡也抱住了姐姐,头巾从头上落下,头发披散下来。原本遮住了阳光的白云,此刻突然散开,强烈的日光闪耀在九月的空中。安努诗卡从扬卡的手臂中解脱出来,目光注视着棺材。戴琪夫人第一次看见她的侧脸。她站在小土堆上,从头到脚一身黑的打扮,就像刚从那护佑她身姿和美貌的仁慈坟墓中爬出来,还想回头往那方才摆脱的深渊之中回望一眼似的。奥斯卡——老夫人默念道——亲爱的!"我不怕往坟墓里张望了……"——这寡妇干吗这样大喊大叫的——昆·拉斯洛奇怪地思忖道。他转身让孤儿把外婆带去找个地方坐下,她快撑不住了。

第十二章

每天这个时候,他们都要吃下午茶,但她现在没心思摆餐具,只给茹若娜倒了一杯牛奶。外婆伤心过度,需要去卧室躺下,她往爸爸的书房提了一小壶水过去。孤儿要是饿了,可以自己去食品间找吃的;拉斯洛也不像想吃东西的样子。

安努诗卡会去哪儿呢?她和塔卡罗·纳吉握完手后就匆忙离开了。只不过,拉斯洛还是无法控制自己,好像不知道等出席葬礼的人都离开后,家属应该聚在坟边,重新摆放好花圈的位置,再念一段悼词。要不是她抓住他的胳膊,他一定会跟在安努诗卡身后离开的。爸爸当然不知道他为什么如此紧张,他总把任何事情都归结为政治原因,他觉得也许是委员会代表搅扰了他的心境,或者是下午还要开会。弗兰切斯卡姑姑也让人觉得不快,因为她也没等到最后的仪式,而是在下葬后就离开了。实际上,她连句招呼都没打,就消失了,花圈的事对她打击不小。难道安如做的事,也需要他们来负责吗？

爸爸一个字都没提安努诗卡，就像没见到她、也没意识到她离开了。可这栋房子里却到处都是安努诗卡的影子。扬卡坐在亚松的凳子上织起毛衣。原本她准备在茹若娜的毛衣上缝一只白色的小鹿，可现在，妈妈去世了，她不可能再给她缝白色小鹿了。她听见身后的厨房里传来高蒂的说话声，她在给罗西卡描述葬礼的场景。罗西卡为什么没去葬礼，她要是没去，现在葬礼结束了，怎么又从无花果园来这儿了？"他就像根钉子似的站在那儿！"她听到高蒂说。苏苏蹲在母亲身边，一会儿打开，一会儿拧紧花园的水管龙头，又抬头看了一眼。安如才不会像钉子一样站着，他的背驼了，眼睛总是盯着地面，像是在找什么东西。安努诗卡站得笔挺，连张望坟坑时也挺直着腰板。这样一个坟坑得有多深！安努诗卡究竟去了哪儿？——苏苏很疑惑。她找来一根树枝，在潮湿的地上写起字母来。苏苏写得很漂亮，是他们年级里字写得最棒的，她的正体字写得比苏菲阿姨都好。她喜欢写字。水龙头周围的地面都被浇湿了，这样她就能轻松地把字母清晰地刻在地上。苏苏又找来小石头用来标示字母的重音和句子末尾的句号。"今天不开党员会议！"扬卡念道。这孩子的脑子里都在想些什么。

"今天不开党员会议！"贝勒什·苏菲的这句话飞进了茹若娜的耳朵里——萨博尔齐改到明天了，因为你要服丧。别担心，没事的。

罗西把身子探出窗外，想看看钟塔上的钟，她摇了摇头。茹若娜这孩子真蠢。安努诗卡至少还总是嘴里喋喋不休，不是说话就是唱歌，这房子都要被她震塌了。但这孩子呢，却很少说话，还在襁褓里时她就不怎么哭喊。她就这么蹲在地上写些乱七八糟的傻话。她母亲也是个蠢货，怎么生得出聪明人呢。六点十五分了，哪儿都见不到安努诗卡的影子，高蒂说，她像颗樟脑丸一样，就这样从葬礼上消失了。她要是到晚上还不出现，那就是坐火车回佩斯了。勺子在她的口袋里，她还没把它混入其他餐具里，反正也没人找它。

爸爸很累，却像打了场胜仗。她还是不敢出现在他眼前，也没有胆量跨过这栋旧房子的门槛！他在心底盘算了很久，万一安努诗卡回来他该怎么办。他想象着她走进门，一副又饿又累，狼狈不堪的样子，她来向他道歉，而他则给予她宽恕。可他之所以作如此想象，都是基于一个事实：她回来了，却不敢迈进这个家门。的确，下午哪儿都不见她的踪影，她流浪在外，现在也许已经到了火车站，开往佩斯的火车八点出发。过不了多久，他岳母也可以准备上路了。告别时，他可以告诉她，从此往后她就需要自己照顾自己了。我可以买新鞋了——他惭愧地想着，又伸出自己的双脚盯着看起来。他并不贪恋身外之物，也不在乎光鲜亮丽的外表，那些华而不实的东西会把他的精力从事物的本质中分散。但他已经十年没买新鞋了，旧鞋子总需要拿去让人修补。而且修鞋后剩下的那几个福林，也回不到他手上。每次高蒂出门去鞋匠那儿取鞋子时，他女婿总要把手伸到她的口袋里，然后在桌子上一福林一福林地大声清点，每次他都会问："亲爱的爸爸，要花那么多钱吗？"这该死的东西！他准是让人把鞋子拿去公社处理的。孤儿在睡觉，戴琪夫人在卧室里躺着，她听见了他的呼噜声，这声音让她特别紧张。这个孤儿真是累垮了，他紧张得过了头，一直低垂着脑袋，现在已经睡着了。老夫人只是在模仿盖着湿浴巾睡觉的样子。其实，她什么事儿都没有，就是站着有点头晕。她还需要再待一天，但这些人肯定不会容忍她在这儿，即使她能住在这儿，她也不知道自己是否还能再坚持一个晚上。也许只要有人陪她去火车站，别让她自己一瘸一拐地走去就好了，天色已经擦黑。睡一会儿就好，可她一合上眼睛，就看见了坟墓，那不是艾迪特的，而是孤儿在看见安努诗卡后，带她离开时看见的那个。墓碑是白色的人造石块，上面画着一只金色的手,手里握着一枝玫瑰。石头上还镶着一张照片,下面写着:博罗什·安道尔,吾儿,二十二岁。"博罗什·安道尔,吾儿……博罗什·安道尔,吾儿……"她想回忆安努诗卡的长相,可她的脸却在她眼前消散得无影无踪,只能看见那张照片、那只金手和那枝玫瑰。奥斯卡每到一个村子或城市都要去墓地转转,他就像着了魔似的寻找或是无聊,或是令人动容的墓碑题词。奥斯卡……安努诗卡……

没拆封的邮件躺在祈祷室的桌子上。其中一封盖着长老的长印章,还加盖了圆形的"加急"标志!这封信需要马上看,但他没看,他根本不在乎。还有两封官方信件,其他的都是些慰问信。明天再说吧。邮递员把邮件拿到他这儿,再由他去分发,这件事简直让教士恼羞成怒。其实,他对此事根本没有任何兴趣,他讨厌读信,也讨厌回信;只要有可能,他一定会把信留在祈祷室里。岳父却习惯了做这些事,他是一家之长,是塔尔巴的教士。

该跟扬卡谈谈了。从这儿能清楚地看见小凳子、扬卡浓密的金发和她的眼睛。安努诗卡从不愿做针线活儿,只有在阅读和画画时她才能安静下来。如果她一小时之内还不回家,他就要去火车站找她。她站在他对面时,他觉得像是在地狱中备受煎熬,他没完没了地和出席葬礼的人握手,仿佛没个尽头:"请节哀。""谢谢。""请节哀。""谢谢。"他要是从凯勒凯斯面前转身而去会怎样?安努诗卡就是在他和凯勒凯斯握手,并跟他解释妈妈的事时离开的。他看见她走下小土堆转身离开,谁都没有注意,因为每个人都在跟别人握手;岳父很快乐,因为他又成了话语群体的中心,而他却不必把目光放在任何人身上。孤儿在和一个陌生女人窃窃私语。玛约洛什·卡罗伊夫人拥抱着扬卡,匈牙利妇女民主组织的玛约洛什夫人已经是第三次来看望他们了。有意思的是,安努诗卡选择来这儿见他们,岳父若是看见她,准会气得心情郁闷的。该和扬卡谈谈了。

  能分到一千两百福林——扬卡想。这是上次玛约洛什夫人跟她说的。只需要做些针线活,他们就可以把塔尔巴的刺绣供应到全国各地。这就是家庭生产合作社。她这辈子都没见过一千两百福林。拉斯洛每月都给她家用钱。这些钱够她过日子的了。万一拉斯洛抛弃了她们,她也可以用这笔钱抚养茹若娜。"坏了!"——茹若娜想道,她用手里的树枝给字母画了一个宽扁的框——"亲爱的耶稣基督,我该怎么办?"

  她总跟母亲谈起的安努诗卡,对她来说永远都蒙着一层神秘的面纱,就像《一千零一夜》中的仙女,而每次听到她的故事时她总是竖起耳朵全神贯注,但现在,安努诗卡就像个怪物一样叫人害怕。

葬礼上,爸爸一直盯着她看。在坟前,他又差点去追她,幸亏医生叔叔抓着他的手,又捶了捶他的肩,他这才没走开。妈妈就坐在板凳上织着毛衣,但一个字也没跟她说。自从他们在墓地门口下了车,妈妈对外公说了些什么后,她就一个字都没张嘴吐过。高蒂大娘问她用不用给萝卜打皮,她只是点了点头。在坟前,很多陌生人都跟她握手,可她也没有回应。爸爸也没说话,只是坐在书桌边。她朝窗口望进去,他是在看书还是干什么呢,看窗外呢吧。他们肯定都憋着一肚子气话说不出口。可以跟谁说说呢?外曾祖母她也不熟。阿尔巴德舅舅是个小偷。外公一般不跟她说话。外公没什么威望,因为是他们养着外公,这是高蒂大娘说的。她朝小木屋跑去,那儿现在空荡荡的,她摸着木屋的墙板,闭上眼。"从此以后,我们都会相信你……"她对着木墙念念有词地说着赞美词。她想轻轻地唱歌,不料却唱得比想象中的声音大多了,声音在院子里传了开去。"茹若娜!"——爸爸突然喊道,愤怒地阻止她——"这根本就不是旋律!"——昆·拉斯洛很激动。 "亲爱的"——扬卡心里想着——"我的宝贝!"门口突然轻声响起了一阵门铃声。

这时,房子里有些人心想:刚才为什么没人想着讨论一下,万一安努诗卡出现了该怎么办。扬卡放下手上的编织活。昆·拉斯洛低头看着没拆封的信件。岳父那儿没什么动静,只看见窗帘在办公室的窗口摆动了一下:他站在那儿,正从窗口往外瞥呢。这样,所有的责任都落到了她身上——扬卡苦闷地想着——不管她做什么都不对。她要是往前迈步,他们会骂她;她要是没有行动,同样也会挨骂。该怎么办?外婆从卧室里跑了出来,她的脸也不像在墓地时那么苍白了,而是一种病态的红色,连脖子和额头都泛着红。罗西从厨房的窗口探出上半身,茹若娜恰巧站在大门的正对面,她背对着小棚屋的木墙蹲下,重新在沙地上画起画来。那只是邮差。

邮差送来了两封迟到的电报,都是给教士的。扬卡的手抖得连名字都签不了。这个在附近送了十五年邮件的邮递员,得体地说了几句慰藉的话,远远看了一眼院子。房子里空荡荡的,只有一个陌生的老妪站在台阶上盯着他看,他从没见过她。

戴琪夫人没回卧室。有时,奥斯卡会很晚回家,他带着画上佩斯,回家的火车午夜时分才抵达。他没回家之前她是从不会睡觉的,夏天在花园里等,冬天就坐在窗前等。他们的花园里有一张条凳,她就坐在那上面注视着街道,一有动静就赶紧跑去开门。奥斯卡笑她她也不管,只顾翻他的口袋找礼物,奥斯卡总会从佩斯给她带回香水和好吃的,还有钱。她一拿到东西,就钻进他的怀里。"省着点用!"他严肃地说,接着两人就一起笑起来,因为奥斯卡跟她都知道,他们没什么是能省着点用的,钱马上会花光,她就会接着要,一直要。奥斯卡有时嘲笑她,她的眼泪就掉下来。"连上帝都没办法用钱满足你!"他说着和她拥抱在一起,翩翩起舞着进了卧室。他最乐意晚餐吃烤面包,因为等到家里再次山穷水尽时,他就又需要带着画上佩斯挣钱去了。现在,她有了退休工资和教士给的钱。退休工资每月一百零九福林①,教士给她寄二百福林。她在一个独立的信封里装二十福林的电费,剩下的分装在四个小纸袋里,放在四个盒子里。第四周,当第四个纸袋里的钱也用光时,恰好新的一笔钱又到了。她有多少年没收到香水了?她需要买化妆品,因为那是她的脸面,但香水嘛……现在,她又像从前那样等待着,盯着大门,等着门铃一响

---

① 此处原文疑为笔误,若与第二章中相对应,应为一百一十九福林。下同。

起,她就知道是安努诗卡来了。

教士打开办公室的窗子。他走进花园,朝祈祷室里望去,女婿还在研究那些没拆封的信。他对扬卡说,要是那姑娘来了,让她马上去他那儿。扬卡松了口气:他终于下命令了。爸爸还说什么吃的也不要给她,给外婆打包些食物,因为她来不及吃晚餐了。扬卡走进厨房。他在岳母身边俯下了身。

戴琪夫人猜错了,她开始在那钉着黑珍珠的手包里倒腾起来。茹若娜跟在母亲身后溜进了厨房,教士说话时看着画在地上的字。他往每个字母上都踩了一脚,想把那些傻乎乎的词踩进泥土里。

昆·拉斯洛专注地听着他们说话,片刻间竟忘记了安努诗卡。老头子说得特别对,扬卡的确没有像老夫人那样的精致衣服,而且,这老女人脸上画的妆也特别丑,还把嘴唇涂得血红。他要是上佩斯,至少不用给他岳父寄什么东西。如果老头子不再供养老夫人,他以后就可以和阿尔巴德两人相依为命了。戴琪夫人当然会哭,至少会流点眼泪,但整个葬礼期间,她的眼睛都是干巴巴的。她怎么可能饿死,农村里又花不了什么钱,她住的房子也是自己的。是啊,她要是对老家伙有什么不满,现在就该哭了,这就是大哭一场的时机。一百零九福林,这点钱不算多,但她不用付房租。不用怕岳父,可以跟他理论。"老年人可以只靠喝牛奶活着,"他是这么对她说的。牛奶能让人打起精神?她嘴里嘟嘟囔囔地含糊其辞,根本听不懂她在说什么。"这样的老人根本不需要在穿着上花什么钱。"岳父说,所有农舍的院子里都存放着木头,他说是因为有树林。他们还聊到了冬天的事?他以为这还是生活在早年间呢,现在的林子里已经弄不到什么木头了,树林早就成了强取豪夺之地。不过没必要说这些。他不应该跟外婆说这些话,很明显,他一点都不了解别人。岳父气得说不出话来,只能自言自语地嘟囔起来,连手指头都在不停地颤抖。供养寡妇的确是一种义务,但不是这样的寡妇。现在这老女人算是赖上他了,这可是他自己找上她的,这就是他愚蠢的解释得到的回应。其实他跑回办公室的时候,真的应该改掉在身后狠狠摔门的习惯。

茹若娜回来了,她站在厨房的门边专注地盯着外曾祖母。现在,她是还觉得外曾祖母苍老得瘆人,但这会儿,她又有了一种完全不同的感觉,就像一场不可思议的噩梦。等她不再怕她了,就会走过去碰她。戴琪夫人只是坐在那儿,仿佛衣服覆盖下的所有骨头都消失不见了,接着她突然站起身走进卧室。茹若娜也没动,只等着看她要做什么。她很快又走了出来,手里抓着她来时随身携带的小包。要告诉妈妈吗？但爸爸看见了，他也什么都没说，还在翻手里的信件，摆弄那把开信刀。

应该告诉她——昆·拉斯洛想——他们给她涨退休金了，那她就不会挨饿了。几天后，这条政策就会在报纸上登出来，不是什么大钱，但总归是涨了。如果她来跟他告别，来感谢他的招待，那就告诉她。

戴琪夫人没有进来。外婆关上身后的大门时，那上面的小门铃响了。扬卡手里拿着一个白纸包，里面是夹着两片鸡蛋的三明治，正准备往厨房外走。教士在用彩绘水壶倒酒。艰难的一天。是啊，艾迪特是她的血脉，安努诗卡也是：这倒真不是在贬低她。不是，每当他评判她的生活方式时，她永远会奋起反击；她身上表现出的傲慢多于恐惧。上帝在关照着一切人与物，连花田里轻佻的百合都不会坐视不理。这个罪人，她没带回程的路费，倒是要看看她敢不敢真的上路。昆·拉斯洛一定给了她路费，她连招呼都没打就走了。

扬卡站在门口，手上拿着食物，他们说的她一句都没听懂。厨房里的糖罐打了，高蒂在大声地跟罗西卡说都有谁去了墓地，她什么也没听见，是的，她没注意，正忙着干别的事。茹若娜只知道外曾祖母哭了，后来又去取自己的小包，接着就走了，但她没告诉外公，也没告诉爸爸。他们在厨房里把铜制的碾缸捣得咣咣直响。

高蒂碾食物,扬卡把鸡蛋硬面包拿下来放到凳子上。

孤儿打着呵欠出现在露台上,伸着懒腰,问什么时候吃晚餐。天色黑了下来。昆·拉斯洛点亮了灯,教士坐在黑暗中喝酒。孤儿想去城里转转,可他又不敢贸然行动,他怕在什么地方碰见安努诗卡或者老夫人。不,现在还是待在家里比较安全,而且马上就要开饭了。换了其他时候,出现这样的情况,他一定会去爸爸的房间看看,他肯定在等他,等着跟他聊天,等着他来安慰自己。快别让爸爸来烦他了,今天真是受够了!他待在露台上点了根烟。下午的场景还记忆犹新呢;好像哪儿都能看见苏菲。外婆已经离开,真不错,又少了一个家庭成员!这一天马上就要过去了。安努诗卡到底会不会在睡觉前出现?他不想细究。他总感觉她不会来了。爸爸坐在办公室的窗帘后面,昆·拉斯洛的身影闪现在祈祷室的灯光下,扬卡靠着厨房的墙边,朝他呆望着。茹若娜跪在凳子上,浓密的灌木丛快把穿着黑衣服的她吞没了。他们还在等她——孤儿想。厨房里又听见碾缸的声音,钟楼敲响了七点的钟声。罗西浑身起了鸡皮疙瘩,她紧张得手心湿漉漉的,全是汗。也许等入了夜她就能回无花果园了。她能把勺子拿回去吗?

扬卡点亮了大门下的灯——七点之前,爸爸不许点灯。她朝他喊了一句什么。她走路的样子失魂落魄的——孤儿想。要去找外婆吗,找到了要给她吃的吗?等她冷静下来再说吧!出的什么馊主意!他等会儿要去城里逛逛,不干什么,只是单纯地想去逛逛。这个傻扬卡!去佩斯的快车上有餐车,坐在餐车里可以一直吃到佩斯。几个小时以来,他第一次突然大笑起来:他想象着外婆拎着纸糊的手提箱上火车,走进餐车的样子。她只要一在桌边坐下,别人就得忍受她的唉声叹气,就像《约翰福音》教那病入膏肓的拉撒路①一样,她缺的只是一块裹尸布。这个老骨头。她为什么这样,连一句告别都没说就离开了?倒不是说这个家庭特别热情好客,只不过,还要给她送面包吗?扬卡让高蒂送去,是的,可高蒂去不了,她需要把漆皮鞋套在湿漉漉的脚上,她一边抱怨,一边揉着自己的脚踝。

她打开房门,昆·拉斯洛并没抬头。一般这时候,茹若娜会进来问他要纸和彩色铅笔,或者来叫他吃饭。他要让她把那两封信给老头子送去,一封是关于沙朗德的,另一封是从本地寄来的,都可以存放起来了。他转过身想把信交给茹若娜,却看见扬卡走了进来,便扭过头去。扬卡拉过一张椅子坐到桌子边。

从认识她起,就没见过她这样在他身边坐下。就连

---

① 拉撒路在《约翰福音》中因病而死,耶稣令他死而复生。

她打扫祈祷室时,也不会如此,其他时候,她连门槛都不会跨进来。老头子给女儿们养成了好习惯,让她们知道办公的地方没什么可寻摸的。她也总让茹若娜给他送信,或者从窗口传话进来。多年来,这间祈祷室只属于他,只属于他们的回忆。每当夜色降临,月光洒满地面,就和安努诗卡穿着拖鞋溜走的那个晚上他在地上看到的一模一样。那时也是秋天,影子也是如此这般地伸展着。扬卡拿起苏苏的毛衣,继续织起来。

两人都沉默着。昆·拉斯洛起先还挺同情她:她满腹狐疑地坐在他身边,静悄悄地织着毛衣,他觉得挺对不起她的。但渐渐地,他越来越生气。这是哪来的新习惯?这算什么?她到底来干吗?因为葡萄园的事?难道他不能去葡萄园?他不能想去就去?是谁在替那些该死的葡萄园缴税,是谁安排人去摘藤、喷农药的?谁的精神处在时不时需要吞服两颗药片的状态?他就不能有片刻安宁,一个人,在嘈杂的城市上空,在库恩山上安静地稍坐一会儿?他做什么了,她现在要这样折磨他?其实她也没法确定,只是在猜测,就像演戏似的,就像老电影里演的那样,过来表明一种态度。他现在还有心情,他们之间的气氛从没比现在更融洽过。快问吧!他刚拆了长老的信开始看,但毛衣针细微的摩擦声让他神经紧张,他根本没明白信里的那些词究竟是什么意思。

他又看看扬卡，两人四目相对。扬卡织毛衣根本不用看针，她的手指可以准确快速地移动。他又觉得喘不上气来，早上他也跟医生抱怨过。她想整晚坐在这儿，这样就能阻止他跟安努诗卡说话了？突然，他又想起了一件事：时间。七点十五分了。去佩斯的快车八点出发。如果安努诗卡到那时还没出现，也许她就不会来了。他应该去火车站。他站起身时，把扬卡放在桌上的线团弄到了地上。两人一起朝线球滚落的方向俯下身去，扬卡捡起了线球。两人都没有坐回椅子上，而是相对而立。他从衣架上摘下帽子。

扬卡也向前走去，挡住了他出门的去路。昆·拉斯洛的手麻了。他对面十米开外处，高蒂正弓着身子在捣什么东西，不过现在用的是一口瓷缸，发出的声音比较沉闷。罗西坐在厨房的椅子上擤鼻涕。月亮升起来，微弱的月光在喇叭花叶之间跳跃、闪动。苏苏背对着光跪着，看不见她的脸，却可以感觉到她也正朝这边看呢。苏苏想大喊爸爸要打妈妈了。扬卡只能用沉默的眼神盯着他，盯着她下午发现的事实。扬卡就像一件物品，像一只柔软的口袋一样，温顺地挪到门边。她站在那儿，就是那儿，那是她妹妹曾经站过的地方。昆·拉斯洛冲到院子里，在身后留下了敞开的房门。

嗯，怎么跑了——教士想——艾迪特从来不会移动得这么快，她从来没疯成这样，都是慢吞吞地走路，慢吞吞地说话，安静地保持沉默。他往头上扣帽子的动作，像个醉鬼。魔鬼引他去委员会，他们肯定在哪儿有聚会，夜的黑暗正适合暗中勾结。眼睛是灵魂的一盏灯。全能的上帝在这张脸上究竟点亮了一盏什么样的灯？那蠢货现在到火车站了没？安努诗卡还是没有出现，她不敢跨进家门。母亲下葬后，她就消失了，跟九年前一样。责难的话要怎么说出口呢，又该怎么迎接她的目光呢？坏坯子——他又想起自己的岳母。他不再赡养那老女人了，要是肖巴特还在，会说什么呢？他一定会赞赏他的，他还能怎么说。应该用这些微薄的退休金过自己的日子，别让昆·拉斯洛来可怜自己，别让这个卖国贼，这个渎神的人继续为他支付邮费了。波尼法爵会怎么说？波尼法爵也供养亲戚，用他所有的收入供养一个令人不悦的老小姐，但那是个完全不同的老人。她的人生清白坦荡，性格温顺平和，从不穿除黑色以外的任何颜色的衣服，还在主日学校当帮佣。波尼法爵会支持他的。也许艾迪特不会？可她从没爱过妈妈。

戴琪夫人走到一张条凳边，这是塔尔巴的习俗，条凳安在房子门前的两棵瘦弱的槐树下。那是张矮小的条凳，是安如做的。她坐下来，一条狗在她身边嗅了嗅，便跑开了。她心里盘算着身上有多少东西，能去哪儿卖掉才能凑够回家的路费。她要是直接去火车站，可能在那儿就会出大麻烦。她在手包里翻来找去，几乎什么都没有。她有一把包银的木梳，但已经缺了好几根梳齿，便立刻放回了包里，而且包银的装饰面上还镶嵌着小玻璃，那可能是她从奥斯卡那儿得到的最后一件礼物。现在她停止了哭泣，眼前发生的事简直太糟了，她没时间也没办法继续掉眼泪。她静静地坐着等了一会儿，想看看是否有人跟着她；他们至少要给她送路费，她可不能在条凳上过夜。她感到一丝寒意，裹紧了外套。她又看了一眼碎玻璃。她要是去跟人搭讪，别人一定会误会的，这是塔尔巴，不是佩斯。某处的钟响起，敲了一下，一刻了。她很饿，饿得能喝光一整瓶牛奶。她女婿怎么说的？老人只靠喝牛奶就能活着？有那么片刻，她忘记了自己没有路费的烦恼，而是惊讶于这个奇怪的事实，她居然还活着。奥斯卡五十三岁去世，从那以后一切都像做梦一样。

　　她身边的大街上依然人来人往，自行车从她身边飞驰而过，过很久才会经过一辆汽车，大板车倒是不少，还能从远处听见牛叫声，她听了直打寒战，她害怕牛。每隔一会儿，就会开过一趟电车。隔壁宅子前的条凳上也坐着人，一个姑娘坐在那儿，还有一个士兵，他们正朝她看，很显然，他们不认识她。她连午饭都没吃，因为烤大蒜上裹着猪油。她面前放着的玫瑰瓷器，那是奥斯卡的。奥斯卡在街上吹着口哨一路小跑，他吹着一曲从别处学来的意大利小调，口袋里的钢镚叮咚直响。他带回来的香水呢？"省着点用！"奥斯卡说，"别浪费了，上帝都满足不了你……"这时，她又哭了起来，一只手捂着眼睛，另一只手紧紧攥着小包的肩带。珍珠手袋在她腿上突然松开了口，梳子落进沙地里，小玻璃珠掉了出来。她没去捡，只是哭着，布满皱纹的干涩手腕上淌满了泪水。她听见身后有脚步声，但没有转头去看。姑娘和士兵过来吧，来问问她为什么会哭，她会告诉他们，这是为了让教士内心有愧。这是一座小城，明天，这儿的每一个人都会知道这儿发生的事情。男人的步调冗长而沉重；姑娘的步调轻盈而快速。有人坐到她身边，她没看见，而是感觉有人把包里散落的物件一样一样捡拾起来。她闻到一股烟味儿，这男人应该是站在她背后。大宅门上的小铃铛响起，昆·拉斯洛跑了出来，接着当外婆看见槐树边的安如和椅子上的安努诗卡时，又听见了碰撞门槛的声音。安努诗卡听到声音，转过头去。

"我马上走，你着急去哪儿？"她转过头对着身后说道。昆·拉斯洛的脚像在土里生了根。安努诗卡抓住老夫人的手,擦了擦她的眼睛。她大哭了一场,使劲睁圆了眼盯着她看——"你为什么哭?"——奥斯卡的声音从天边传来——"有人欺负你了,外婆?"

第十三章

八点了,钟声响起。高蒂开始摆餐具,分别摆了五个相互独立的盘子,五份遥遥相望的胡萝卜糊。老夫人的杯子还在卧室里,她也去拿来了。茹若娜刚从浴室里出来,手里拿着拖鞋。杯底还残留了一些汤汁,高蒂嫌恶地拿到玫瑰花丛中甩了甩。她在厨房门边坐下,往围裙里放了几穗苞米。罗西卡还在那儿,盯着厨房的桌子发呆,从背影能看出她在哭泣。

——"你还哭"——高蒂生气地说——"你要把勺子拿去给哪个神仙,难道是他管你要的吗?"

罗西没回答,连头都没抬一下。勺子……她也想起了勺子。厨房里还能闻到烟味,教士一家在屋里大闹天宫时,她就坐在她面前的那张小椅子上抽烟,一句话也没跟她说,只是看着她。罗西发现口袋里还装着煤渣,要是不马上清理出去,会起火的。火让她想起了米哈伊,他也是这样生着火,手里剥着玉米,等待着安努诗卡。现在,高蒂也在剥玉米,她听着两穗玉米的摩擦声,听着玉米粒儿掉落在篮筐里的声音。她若是不回头看准会以为是米哈伊。

——"把你的手拿回来!"——高蒂说。她当然没把茶叶罐的盖子盖回去,可以等下再盖。反正我也要放回去,那里面一片茶叶都没剩下。在佩斯能喝到各种茶,她把所有的茶一下全倒到茶杯里,足有一捧那么多。以前,这么多茶我们能喝半年,只在有人肚子疼时才会拿出来喝。

至少今晚不用洗碗了——她想——谁都不来吃饭。晚上把萝卜糊放到食柜里,明天再拿出来热一下,就是一顿像样的午餐。可怜的阿尔巴德,刚才都快饿晕过去了!她切了一大片面包,从食品间里拿出熏肉,翻出一个苹果。她从图书室把盘子原样端了回来:孤儿消失得无影无踪了。

等到终于有人回到大宅时,孤儿就不见了,爸爸很紧张,他不知道现在都有谁在家里。阿尔巴德打开大门,把安努诗卡让了进来,还有外婆和安如,其他人跟在他们身后,他安静地关上门离开了。扬卡在图书室里点了一盏二十五瓦的灯泡,每次他看书时,都因为灯光太暗而不停地流泪——他来到一家餐馆——这里这么亮堂,真是太好了!这家餐馆翻新后实在太漂亮了,这几面漂亮的墙壁也耀眼夺目!他出生在蒂萨河边的村子里，爱吃鱼。扬卡却从不在家做鱼，因为他爸爸讨厌吃鱼，他说那是天长老徒吃的东西。现在，阿尔巴德要了一份鲈鱼，铁板烤鲈鱼配一杯低度白葡萄酒。他饿得胃里空落落的，现在家里那种气氛，即使回了家也不会有吃的，顶多有些《约伯记》中的菜糊。安努诗卡究竟有没有在找那些书？应该不会，看这一团乱糟糟的。

他与邻桌的客人打了招呼。内梅特医生正和他的妻子、女儿一起用晚餐。年轻姑娘的金色长发多美啊！鲈鱼需要等，他们为他端来了葡萄酒，他啜饮着，终于感觉舒服多了。内梅特家的小姑娘多漂亮啊，要是能和他们坐在一起该多好。他不知道在没有受到邀请的情况下，想与别人同坐一桌都有些什么礼节。他不敢坐过去。

鲈鱼端上来了，他咽了一下口水，那被烤得焦红的诱人的鲈鱼香味扑鼻，盘子边还围着一圈烤透了的土豆块儿。终于能吃上一顿真正的饭了！他把鱼切开，又向邻桌望去，但却马上移开了视线，因为他想起了苏菲，这时，这鱼的味道就不如第一口入嘴时那么惊艳了。他又把刀伸向另外半条鱼，现在他要开始吃鱼头了。这一点，他跟外婆很像——爱拿叉子出气，不过，过一会儿他又心情开朗起来，就因为今天这个大日子。他想起之前，在大宅外长凳上的闹剧，后来又在大门口下合唱队演出似的场面,啜了一口酒。也许明天罗西会拿些钱来。也许一会儿应该给老师们带点啤酒去,让评选委员会的人高兴高兴。

外曾祖母的胸是假的——苏苏躺在床上想。安努诗卡把外曾祖母领进门时,他们让苏苏上了床。外曾祖母的样子可怜得要命,安努诗卡帮她解开衣服时才发现,她根本没有胸,只是在胸口系着两个纱球,里面填满了棉花。母亲扬卡蹲在外曾祖母的身边哭着求她原谅,原谅她没阻止外曾祖母离开,她什么都不知道;她一直在哭,安努诗卡在安慰她。钟声又响起。妈妈在哪儿?苏苏每晚都伴着钟声祈祷。她爬下床,朝窗外看去。祈祷室里一片漆黑,办公室还亮着灯。外公还没睡,爸爸可能在其他房间。餐厅里静悄悄的,只可能在图书室里。她穿上拖鞋,穿过黑暗的餐厅,可她却不敢推开图书室的门,只能在紧闭的门前徘徊。

"我呼号,我的呼声上达天主前,我向天主高呼,求他俯听矜怜。我在患难之日,寻求上主,虽整夜伸手,亦不觉辛苦,我的心灵且不接受安抚。我一怀念天主,即咨嗟哀叹,我一沉思考虑,即心灰意懒。"①

---

① 《旧约·圣咏集》77:2~4。

这是城里最动听的钟声,塔尔巴的钟声。只是,阿尔巴德该回来了,他总能说些安慰人,或振奋人的话。可怜的好孩子,还大半夜饿着肚子跑出去!等他吧,不管多晚都得等。他简直无法相信自己居然觉得可以离开塔尔巴。千万别在外面待太久了!他不会就这么跑出去呼吸新鲜空气的,可怜的孤儿到底在哪儿游荡呢。他没有太多东西,收拾起来很方便,书籍可以稍后一点一点地整理,用箱子搬走。阿尔巴德会帮他的——他满怀期待,内心柔软、放松了下来。如果告诉阿尔巴德发生了什么,他一定会帮忙的。

两人订一个房间,让那个渎神的家伙接手这儿,这是他留给他的最后一样东西。接着,他们就离开,昆·拉斯洛留在这儿,他终于可以独占教堂了,塔尔巴教区是他的了。

他疾步朝门外走去时看见了老夫人,便下意识地觉得自己应该退回去,推上大门的门闩,把那个一直闷闷不乐,在外面盯着这些大人的孩子也推了回去。他听着高蒂唉声叹气,听着扬卡暗自哭泣。正当他要动手推上门闩时,女婿打开大门,身后跟进来了几个人。他当然害怕流落街头,害怕那些虔诚的人们对他评头论足,害怕女婿一家,甚至害怕每一个人。那也是有原因的。当然,他没什么可害怕的,尽管他本可以去关上门,让他们所有人都在门外担惊受怕,而他们,他和阿尔巴德,这两个手握真理之人,本可以站在窗口看着前来赞美上帝的人群不断汇集,将他们团团围住。上帝是公正而严明的,他会惩罚这些罪人。主能在邪恶中分辨出真理——不,不应该让他们进门。

门闩被推上了,不过那是昆·拉斯洛干的,以防再有陌生人进来。安努诗卡没有吭声,拉着那个描眉画眼的老妖怪往卧室里走。那流浪汉也拎着几个箱子跟了进来,不过他转身走进了厨房。安努诗卡忙前跑后地开始着手安排各种事务,每个人都对她言听计从,他们按照她的指示开门、关门,所有人都行动起来,还支起了一张床。他看着她在各个房间之间来回穿行、高声发令,还是在她身后跟了上去。

她正好想去厨房,让佣人们煮点茶,他却在厨房门口挡住了她的去路。他突然出现在她面前,她微笑着要拥抱他,他根本躲不开。"谁允许你踏进我家门槛的?"他问她。"我,"昆·拉斯洛说道,他的脸红得像猪肝,"这是我家。你能不能别再妄想这是你家了?"他从门边挪了一下身子,安努诗卡走进厨房,厨房里发出清脆的盘碟碰撞声,高蒂嘴里嘟囔着什么。那时,他就决定了要永远离开塔尔巴。要不是这帮造反分子把阿尔巴德赶了出去,他们也不敢这么羞辱他。这天杀的姑娘,居然还敢冲进屋里跟他说话。她总算是走开了,那搭着口红咧嘴笑着,披着黑披肩的样子,简直就像个魔鬼。他忘记锁办公室的门了,所以看见安努诗卡进来时才会被吓得往后一退。他不愿让安努诗卡摸自己的手,便转过身背对着她,却被她摸了一下背;她小时候就总爱摸他。"你好,爸爸!"这该死的姑娘说完就跑掉了。他只能重重地落回扶手椅中。她总算是离开了,他如释重负地松了口气。很好,她最后才去安排老夫人。阿尔巴德的钱和他的退休金刚刚能够他们俩体面地生活。小阿尔巴德该多高兴啊!快来啊!

扬卡走进来时,苏苏正坐在床上。母亲走进卧室时,祈祷室的灯亮了起来,她看见爸爸坐到书桌边写起字来。扬卡在她身边整理床,拽了拽被子,又往放在矮柜上的水杯里倒满了晚上要喝的水。茹若娜盯着她的手,看她会不会把三个杯子都灌满。她没有,只倒了两杯。

妈妈跟她道了晚安,帮她编起了头发。她梳洗时,苏苏会一直看着她,这是两人每晚重复的秘密游戏。扬卡站在她对面,散开自己的头发。她们看着对方,两人都在疑惑,对方的那张脸是多么陌生而神秘啊。苏苏像个大人,而扬卡却像个孩子。她编好头发后,便熄了灯,坐到苏苏身边。她喜欢把自己的手指跟孩子的手指交缠在一起。两人都觉得对方的手冰凉如水。她放开苏苏，把手塞到被子里，又摸摸双脚，也是冰凉的。苏苏冻得发抖。她搓了搓苏苏的脚，把它们塞进被子，又抓过苏苏的手。苏苏开始做起祷告来。安努诗卡总是独自祈祷，不论扬卡怎么教她，她总是爱用自己的语言表达；她把自己的愿望向上帝列出来，她小的时候，如果事情没能如她所愿，她就会每天晚上大哭着发脾气，责怪她。有一次，父亲狠狠地揍了她一顿，她什么也没说，只是用力地挥着小拳头，没做祷告就睡觉了。苏苏很小的时候就会说诗歌般的祈祷词了，两年来，她只念主祷文入睡。通常她们会一起念经文，现在，她们也要一起念。"我们在天上的主，愿人都尊……"

她的声音还是没有困意——扬卡想——该怎么办呢。等以后她爸爸不在身边，茹若娜要是再睡不着觉，就没人阻止她给她讲故事，讲那些奇怪的故事了。她早忘了那些故事究竟是从高蒂那儿还是安如那儿听来的，家里不允许存放故事书，万一被爸爸看见，会被他丢掉的。现在，她什么都想不起来了。苏苏的手放在她身上，她们看着对面的两扇窗子里射出的灯光。办公室的灯光穿透了窗帘，爸爸在来回踱步，时而拿起，时而又放下手上的《圣经》。小祈祷室里没有动静，昆·拉斯洛在写东西。现在，他们俩说起话来，就更方便了。外婆就躺在苏苏的床上，那瘦小的身躯。她怎么能这么没心没肺，毫不关心眼前发生的一切呢？她只顾自己，完全不会被不相干的事打乱思绪。

这栋房子因为安努诗卡的到来而雀跃、欢腾，关门开门的声音，让一切都活跃了起来。"我想跟你谈谈。"拉斯洛对安努诗卡说。她正在喂外婆喝水，抬眼看看拉斯洛，拉斯洛知道外婆正看着他，但他根本没把目光从安努诗卡身上挪开。"说吧！"安努诗卡回答，"给外婆喂完水我才有空。""去下面！"拉斯洛说着朝祈祷室的方向缓步走去。安努诗卡转头撞上了拉斯洛的目光，但她什么也没说。她掏出梳子给外婆梳起头发来。"你没听见么？"拉斯洛问。"我听见了！"安努诗卡说着便从外婆身边站起来伸了个懒腰，打了个哈欠，又敲敲后背，蜷起身蹲在旁边的地毯上。他拉她起来，挽住了她。"我们玩骑马！"她说着就准备开始玩。她还是孩子时，就总是这么玩，心情好的时候，她就会来到他身边，和他脸贴着脸窃窃地笑着。他让她在脸上贴了一会儿，随后马上拉开了她。她看看外婆，外婆什么都看见了，心里也明镜似的，却始终闭着眼躺着。现在最要紧的，就是别让在房间另一头的苏苏听见什么声音。苏苏没跟安努诗卡打招呼，她们亲吻时她别过脸去，紧紧地搂着娃娃，随后又不动声色地冷眼旁观着他们。当扬卡听见拉斯洛要安努诗卡跟他去祈祷室,听听他要说的话时,她的妹妹和拉斯洛不约而同地朝她看了看。那时她就知道,她猜对了,她上午的猜测是正确的。

"……国度、权柄、荣耀、永远……"她以阿门做了结束语。也许最终她会睡着。她把被子一直拉到脖子底下。苏苏不再有动静,扬卡的手肘撑着窗框,她抬头看着钟楼。那天晚上的这个时候,她已经离开了。上帝保佑,亲爱的!明天我就写信告诉你一切。科尔托街九十七号。孩子可能睡着了。明天,一切都会好起来的,明天我就对她说出一切。她感觉背后有动静,转过身去。苏苏站在地毯上,祈祷室里微弱的光线投射进来,照亮了她的半张脸。"我们什么时候离开爸爸?"苏苏问。

"……尊贵的长老大人!您仁慈宽厚的慰问信今日已收悉,您的沉重悼念是对我们最深切的宽慰。作为一名虔诚的教徒,恳求主在此悲伤梦魇后赐予我等力量……"

她就站在这儿,从头听到尾。他在她身后关上门的那一刹那,又一次觉得应该抓住她的手,把她拉回身边。她说话时,他注视着她的微笑,她的身体在一点点变凉,他真想打她。安努诗卡!

"不行。"她笑着回答,那不是在开玩笑,而是掷地有声,发自肺腑的声音。不!她不去别的城市,也不想在别的地方生活,不行,不行!要是不愿意,那就待在塔尔巴。"塔尔巴多漂亮!"他说,这不是揶揄。他抬头看着钟楼,那苍老的塔尖上的铁盔早就不见了踪影,月亮挂在塔顶——月亮,和那时的一样!"你不喜欢塔尔巴吗?"

"不喜欢!"她又兴致高昂地说道——跟他在一起,这怎么可能。不行,不行!——她又笑起来,这次是哄然大笑,笑得连话都说不出来,只能摆摆手,跑出了房间。奔跑中她还在不停地大笑着。她走进厨房。扬卡在那儿,两人看上去都不错,安努诗卡又想玩那个游戏,因为扬卡把脸往她的脸旁贴近,有那么一刻,那两张脸庞仿佛融合成了一张。那时她才明白,她是嫉妒安努诗卡,但安努诗卡也嫉妒扬卡,她没法继续和扬卡一起生活下去。

罗西跟她们打了个招呼,她的塑料袋里装着些面包皮。高蒂送她到大门口,嘴里还在自言自语地说着什么。她关上门,熄了大门底下的灯。他要是告诉长老,扬卡没跟他去佩斯,长老会怎么说?去佩斯的生活会变成什么样呢?科尔托街九十七号。他能够忍受在一座安努诗卡成了索莫迪·亚当太太的城市里生活吗？上帝啊……昆·拉斯洛思量着。"亲爱的阿尔巴德"——教士在自己的办公室里念叨着。

从早上开始，蒂萨河就起风了，后来又转了方向。"南风，"安如想道，"风把钟声吹到了这儿。"实际上，是钟声盖过了车站的噪音、呼呼作响的风声和蒸汽机的喷汽声，那是八点的钟声。"开往布达佩斯的火车晚点十四分钟。"广播里又播报了一遍。嗯，真是太幸运了。他试着让自己在长凳上坐得更舒服些，也能让自己的眼睛紧紧地追随安努诗卡，她在售票窗口前排队，老夫人在她身边闭目养神。他用两只脚夹着安努诗卡的漆皮手袋和戴琪夫人的纸袋，免得被人顺走。

他简直不敢相信，自己又一次踏进了教堂的大宅，并一直没有意识到自己在那儿竟待了这么久？院子里杂乱不堪，他亲手做的亚松的凳子在哭泣，它就像一条瘸腿的狗一样只剩下了三条腿，高蒂的眼睛都快要冒火了。现如今，到底是谁在打扫院子，黑黢黢的夜里都能看得出那地面根本只是被扫帚轻轻地拂过一遍。这时，指挥家索瓦格的闺女玛尔秋朝这边看来，不管她怎么调整位置，都看不清也听不见这儿到底发生了什么，她只能挺直了身子，偷听他们的谈话。齐恩托什·山多尔——他穿着军官制服，一点都认不出来了——为了能看得更清楚些，还在长凳上转了个身。有什么可看的！红脸的疯子先冲了出来，接着是孩子们，他们嚷嚷着把老夫人从长凳上扶起来，扬卡也跑了出来，高蒂手里端着一杯水，最后出现的是孤儿和教士。这会儿，大家都站成了一圈，整个家族都到齐了。电车缓缓地驶过。等他回过神来时，已经置身于大宅。罗西若是跟着大家一起出来，他是根本不会走进大门的。罗西没在大门外现身，他推开厨房门走进去时，才看见罗西站在那儿。安努诗卡想喝茶，她应该把晚餐从炉灶上端下来。他跑去烧茶水，因为高蒂只会大喊大叫，罗西卡像个雕塑一样傻站着，最后才慢慢把手插到口袋里摸索起来。鬼知道她要把那根胡萝卜拿到哪里去，也许拿去地里，可是那儿有猫吗？猫才爱吃这个。罗西给安努诗卡的那个包在报纸里的东西到底是什么？

安努诗卡买了两张票。还好，她离开的时候，亚当把家里所有的钱都塞进了她包里。人们永远不知道，当你回到一座好多年没回去过的城市会发生什么。等安如回家时，发现自己喝酒的牛角杯和梳子不见了，定会火冒三丈的。梳子是她在洗漱架边找到的，喝酒的牛角杯挂在房梁上，也许他不会去责怪别人，而是会气到把房子拆了；梳子上刻着迦南的婚礼场景，牛角杯上则雕刻着一只德莱洛的长角牛。这两个至少能卖五百，她明天就把它们拿到城里去卖了，但她不会给他寄钱，她会给他买一把齐特琴，再买些黏土、黑檀木块、贝壳和食物。他没什么原料，只有玉米叶，下午他用一段木桩吃力地做了一只小奶牛，他要是看见做东西的材料，根本走不动道儿。她整个下午都在求他搬到佩斯来，可他就像聋了一样，根本不理会。最后，她哭了，他却唱起了歌来。现在，她累得都快晕过去了。回到家，她要睡到明天中午，然后跟亚当一起想办法。

戴琪夫人把在大宅里灌的茶水又热了一下。现在，她只觉得饿，可那是幸福的饥饿，因为她知道，安努诗卡会给自己送东西来吃。她在卧室里独自哭泣，她永远忘不了扬卡看着她的脸。这些人也不给扬卡钱吗？"二百福林？"安努诗卡问道，她用手拍了拍脑袋下的枕头，"为了二百福林你就哭成这样吗，外婆？以后我给你寄这二百福林！"她抓过她的手，也许就是那时，她才睡了一会儿。每次出事的时候，她也是这么握着奥斯卡的手。有狗追她，或者她在市场上被偷了钱包，尤哈斯夫人就会在外面散播谣言。"你就因为这事儿哭？"奥斯卡问她，帮她把狗赶跑。"尤哈斯夫人欺负你了？"他就拼命地说尤哈斯夫人的坏话,一分钟后,她就会笑得两腿发颤,直不起腰了。奥斯卡给她买了个新钱包,在里面放了一片四叶草,保佑她不再丢钱包。"你真是没长大呢!"奥斯卡说。现在她都七十九岁了。一个人,究竟活到几岁才算长大?

火车来了,离发车还有五分钟。安努诗卡快步往前走着,安如大声地让老夫人抓住他的开衫,他手里拿着好几个箱子,没法牵着她。"迈开腿!"他说,戴琪夫人在他身边努力追赶,紧紧抓住他的开衫。她不知道身边这个农民是谁,但总是在安努诗卡身边见到他,她肯定很爱他。安努诗卡跳上餐车,安如把皮箱和老夫人一起抬了上去。突然,戴琪夫人的眼睛被镜子和杯子闪出的耀眼光芒晃了一下。"点晚餐!"安努诗卡说,"给我也点一份。"她又朝安如跑去。餐车上的乘客们来回穿梭,一个服务员在戴琪夫人身边停下脚步。老夫人掏出老花眼镜。她接过菜单,那是一份双语菜单,盘子还温热着,盘边还装饰着小花朵。"您需要喝点什么吗?"服务员问。她脑海中浮现出里耶卡的一种餐前酒,人们远行前总要喝上一杯,以保持心情畅快。她要了一杯味美思酒,还要了鸡蛋蘑菇,却忘了给安努诗卡点餐。

"你可以上来的!"安努诗卡说。安如没有笑,只是摇摇头。他们站在火车的台阶旁,坐车的人早就都上去了,他们身边没什么人了,只有零星几个在往邮车上扔包裹。一名列车员从他们身边经过,手里提着一盏灯。"马上该发车了!"安如说,安努诗卡要找手绢,包里却没有。最后,她在自己的衣服口袋里找到了,突然又摸到了另外一样东西,那是罗西塞到她手里的。她还说了些什么,但她没听懂,安努诗卡以为是油炸小煎饼,罗西卡可能想起她爱吃油炸小煎饼了。可现在她觉得,那不是面食,而是一把长长的物件。她打开报纸。马上就认出了这把勺子。安如嘟哝了一嘴,安努诗卡知道,他是在低声咒骂,只是她不明白为什么。"你是个小偷。"曾经的约厄·米哈伊对曾经的阿拉托·罗西说,"你一把年纪了还要做小偷吗?""你看他们,"斯瓦布山上的某个黑夜里,亚当轻声说道,"你不会再害怕了!"安努诗卡紧紧握着这把银勺子,她抬头朝车站大楼的上方望去,远处的某个地方,她看见了塔尔巴教堂那透光的钟面。安如摆摆手,往火车的台阶上迈了一步。她的脸正好和安如的头处在同一水平线上。安如吻了吻她,她也吻了吻安如的手。"走吧,我的孩子!"安如说,安努诗卡看着他。他从没用"你"称呼过她。火车开了,安如迈开腿在她身边跑了几步。"上帝保佑您!"安努诗卡大喊着,安如在她身后挥舞着帽子。他刚才说了什么？挥手绢？她又找不到那块该死的手绢了。城市在她眼前变得扁平，城市边缘的那些房子的窗子里透出了点点灯光。车站和那个一动不动，越变越小的人仍然依稀可见。"安如，我亲爱的爸爸！"她挥舞着安如在葬礼时绑在头上的那块黑头巾，手里的勺子掉了下去，一直掉进了轨道下的石缝中。她没有发现，只顾着挥舞头巾，直到车站变成了一盏闪亮的灯。

"蓝色东欧"译丛（部分书目）

第 一 辑

- **《石头城纪事》**（小说）
  【阿尔巴尼亚】伊斯梅尔·卡达莱 著　李玉民 译

- **《错宴》**（小说）
  【阿尔巴尼亚】伊斯梅尔·卡达莱 著　余中先 译

- **《谁带回了杜伦迪娜》**（小说）
  【阿尔巴尼亚】伊斯梅尔·卡达莱 著　邹琰 译

- **《石头世界》**（小说）
  【波兰】塔杜施·博罗夫斯基 著　杨德友 译

- **《权力之图的绘制者》**（小说）
  【罗马尼亚】加布里埃尔·基富 著　林亭、周关超 译

- **《罗马尼亚当代抒情诗选》**（诗歌）
  【罗马尼亚】卢齐安·布拉加等 著　高兴 译

第 二 辑

- 《我的疯狂世纪（第一部）》（传记）
  【捷克】伊凡·克里玛 著　刘宏 译

- 《我的疯狂世纪（第二部）》（传记）
  【捷克】伊凡·克里玛 著　袁观 译

- 《我的金饭碗》（小说）
  【捷克】伊凡·克里玛 著　刘星灿 译

- 《一日情人》（小说）
  【捷克】伊凡·克里玛 著　高兴、杜常婧 译

- 《终极亲密》（小说）
  【捷克】伊凡·克里玛 著　徐伟珠 译

- 《等待黑暗，等待光明》（小说）
  【捷克】伊凡·克里玛 著　杜常婧 译

- 《没有圣人，没有天使》（小说）
  【捷克】伊凡·克里玛 著　朱力安 译

- 《花园里的野蛮人》（散文）
  【波兰】兹比格涅夫·赫贝特 著　张振辉 译

- 《带马嚼子的静物画》（散文）
  【波兰】兹比格涅夫·赫贝特 著　易丽君 译

- 《海上迷宫》（散文）
  【波兰】兹比格涅夫·赫贝特 著　赵刚 译

- 《父辈书》（小说）
  【匈牙利】瓦莫什·米克罗什 著　许健 译

第 三 辑

- **《乌尔罗地》**（散文）
  【波兰】切斯瓦夫·米沃什 著　韩新忠、闫文驰 译

- **《路边狗》**（散文）
  【波兰】切斯瓦夫·米沃什 著　赵玮婷 译

- **《第二空间——米沃什诗选》**（诗歌）
  【波兰】切斯瓦夫·米沃什 著　周伟驰 译

- **《无止境——扎加耶夫斯基诗选》**（诗歌）
  【波兰】亚当·扎加耶夫斯基 著　李以亮 译

- **《捍卫热情》**（散文）
  【波兰】亚当·扎加耶夫斯基 著　李以亮 译

- **《索拉里斯星》**（小说）
  【波兰】斯塔尼斯瓦夫·莱姆 著　赵刚 译

- **《遗忘的梦境——查特·盖佐短篇小说精选》**（小说）
  【匈牙利】查特·盖佐 著　舒荪乐 译

- **《流星——卡雷尔·恰佩克哲理小说三部曲》**（小说）
  【捷克】卡雷尔·恰佩克 著　舒荪乐、蒋文惠、程淑娟 译

- **《神殿的基石——布拉加箴言录》**（箴言）
  【罗马尼亚】卢齐安·布拉加 著　陆象淦 译

- **《十亿个流浪汉，或者虚无——托马斯·萨拉蒙诗选》**（诗歌）
  【斯洛文尼亚】托马斯·萨拉蒙 著　高兴 译

第四辑

- 《耻辱龛》（小说）
  【阿尔巴尼亚】伊斯梅尔·卡达莱 著　吴天楚 译

- 《三孔桥》（小说）
  【阿尔巴尼亚】伊斯梅尔·卡达莱 著　施雪莹 译

- 《接班人》（小说）
  【阿尔巴尼亚】伊斯梅尔·卡达莱 著　李玉民 译

- 《绝对恐惧：致杜卞卡》（小说）
  【捷克】博胡米尔·赫拉巴尔 著　李晖 译

- 《严密监视的列车》（小说）
  【捷克】博胡米尔·赫拉巴尔 著　徐伟珠 译

- 《雪绒花的庆典》（小说）
  【捷克】博胡米尔·赫拉巴尔 著　徐伟珠 译

- 《温柔的野蛮人》（小说）
  【捷克】博胡米尔·赫拉巴尔 著　彭小航 译

- 《无常的夏天》（小说）
  【捷克】弗拉迪斯拉夫·万楚拉 著　张陟 译

- 《赫贝特诗集（上、下）》（诗歌）
  【波兰】兹比格涅夫·赫贝特 著　赵刚 译

- 《垃圾日》（小说）
  【匈牙利】马利亚什·贝拉 著　余泽民 译

第五辑

- 《壁画》（小说）
  【匈牙利】萨博·玛格达 著　舒荪乐 译

- 《鹿》（小说）
  【匈牙利】萨博·玛格达 著　余泽民 译

- 《两座城市：论流亡、历史和想象力》（散文）
  【波兰】亚当·扎加耶夫斯基 著　李以亮 译

- 《另一种美》（散文）
  【波兰】亚当·扎加耶夫斯基 著　李以亮 译

- 《思想的黄昏》（随笔）
  【罗马尼亚】埃米尔·齐奥朗 著　陆象淦 译

- 《着魔的指南》（随笔）
  【罗马尼亚】埃米尔·齐奥朗 著　陆象淦 译

- 《乌村幻影》（小说）
  【罗马尼亚】欧金·乌力卡罗 著　陆象淦 译

- 《裸浴场上的交响音乐会——罗马尼亚20世纪小说精选》（小说）
  【罗马尼亚】诺曼·马内阿等 著　高兴等 译

- 《颠倒的天堂——立陶宛新生代诗选》（诗歌）
  【立陶宛】阿纳斯·阿里舒斯卡斯等 著　远洋 译

- 《魔鬼作坊》（小说）
  【捷克】雅奇姆·托博尔 著　李晖 译

第六辑

- 《简短，但完整的故事》（小说）
  【波兰】斯瓦沃米尔·姆罗热克 著　茅银辉、方晨 译

- 《三个较长的故事》（小说）
  【波兰】斯瓦沃米尔·姆罗热克 著　茅银辉、林歆、张慧玲 译

- 《挑衅以及其他故事》（小说）
  【阿尔巴尼亚】伊斯梅尔·卡达莱 著　蔡雯琴 译　宋学智 审校

- 《洋偶》（小说）
  【阿尔巴尼亚】伊斯梅尔·卡达莱 著　蔡雯琴 译　宋学智 审校

- 《天堂超市》（小说）
  【匈牙利】马利亚什·贝拉 著　余泽民 译

- 《墓地情事》（小说）
  【匈牙利】马利亚什·贝拉 著　余泽民 译

- 《蓝色阁楼里的物品》（小说）
  【罗马尼亚】阿德里亚娜·毕特尔 著　陆象淦 译

- 《两天的世界》（小说）
  【罗马尼亚】乔尔杰·博勒耶泽 著　董希骁、Mara Arion 译

- 《生活边缘的女孩》（小说）
  【罗马尼亚】米尔恰·格尔特雷斯库 著
  张志鹏、林慧芬、陈进、李昕、高兴 译

- 《希特勒金钱》（小说）
  【捷克】拉德卡·德内玛尔科娃 著　姜蔚茜 译

· 部分书名为暂定，以出版时为准 ·